누군가를 위한 시간

누군가를 위한 시간

그리고 나를 위한 오늘

박군자 지음

― 필명 '군자온(君子溫)'(박군자)

음악 교육을 전공하고 교원자격증을 취득했으며, 실용음악 학사와 사회복지학 석사 학위를 받고 30여 년간 피아노 학원과 실용음악 학원을 운영하며 수많은 제자들을 가르쳤다.

두 아들의 성장과 함께 삶의 희로애락을 고스란히 겪으며, 가정과 일, 그리고 자신 사이의 균형을 찾아 치열하게 살아온 세월이었다.

늘 '누군가를 위한 시간' 속에서 살았지만, 그 길 위에서 진심으로 배운 것은 사랑, 책임, 그리고 기다림이었다.

두 아들이 각자의 자리에서 따뜻한 사회인으로 성장한 지금, 그동안 미뤄 두었던 '나를 위한 오늘'을 비로소 살아가고 있다.

요즘은 복지관에서 피아노 재능기부를 하며, '나눔을 위한 음악'을 통해 삶의 참된 의미를 다시 배우고 있다.

또한 복지 차원의 자원봉사도 틈틈이 하는 또 다른 누군가를 위한 시간을 갖는다.

필명 '군자온(君子溫)'은 '품격 있는 사람의 온기'를 뜻하며, 성실하고 따뜻하게 살아온 인생을 닮은 이름이다.

에세이집 《누군가를 위한 시간》은

한 어머니이자 여성으로서의 인생 회고이자, "이제야 비로소 나를 위한 삶을 배워 가는" 작가의 진솔한 성찰의 기록이다.

— 누군가를 위한 시간, 그리고 나를 위한 오늘

돌이켜 보면, 내 인생의 대부분은 '누군가를 위한 시간'이었다.

아이들의 미래를 위해, 남편의 안정을 위해, 그리고 수많은 제자들의 꿈을 위해 쉼 없이 달려왔다.

그 길 위에서 나는 늘 누군가의 어머니였고, 아내였으며, 선생님이었다.

피아노 학원의 간판에 내 이름 석 자를 내걸던 그날의 떨림이 아직도 생생하다.

조그마한 피아노학원으로 시작한 학원은 세월이 흐르며 실용음악 학원으로 성장했고, 수많은 아이들이 내 손끝에서 음악을 배워 세상으로 나아갔다.

그들의 성장과 웃음이 내 삶의 보람이었고, 그날들의 분주함이 곧 나의 존재 이유이기도 했다.

하지만 세월이 한 겹 두 겹 쌓여 갈수록 문득, 나 자신을 향한 질문이 들려왔다.

"나는 언제쯤 나를 위해 살아 본 적이 있었을까."

그 물음 앞에서 나는 한동안 침묵했다.

지금 나는 하루의 속도를 조금 늦추며, 텃밭의 흙을 만지고, 복지관에서 아이들에게 재능기부로 피아노를 가르치며,

늦은 오후의 햇살 속에서 내 삶을 다시 들여다본다.

그리고 깨닫는다.

누군가를 위한 시간이 헛되지 않았던 이유는, 그 속에서 결국 '나'라는 사람도 자라 왔기 때문이라는 것을.

이 책은 그 긴 여정의 기록이다.

치열한 청춘의 기억, 가족과의 동행, 그리고 다시 나를 찾기까지의 시간.

누군가의 인생과 맞닿은 한 사람의 이야기이자, 삶을 조금 더 따뜻하게 바라보고 싶은 한 여인의 고백이다.

이 글을 읽는 누군가가 자신의 하루를 조금 더 아끼고 사랑하는 마음을 갖게 된다면, 그것만으로도 내 삶의 연주는 충분히 아름다웠다고 말할 수 있을 것 같다.

군자온(君子溫)

차례

작가 소개   4

프롤로그   6

1부. 나와 남편의 이야기
— 함께 걸어온 길

하얀 건반 위에서 나를 만나다   14

해피한 엄마의 퇴근길   21

태몽   25

두 번의 출산기   30

효자 남편 — 나의 서운함   35

자식이란, 삶의 작품   38

두 아들과 용돈 전쟁   42

의경 엄마의 편지, 그리고 특박   47

의사의 부모로 산다는 것   50

병실에서 보낸 그해 여름의 기억   54

길에서 흘린 눈물   58

오래된 가구와의 이별   61

건강지수 바닥, 불꽃놀이 65

둘이 함께 93세의 약속 67

2부. 큰아들의 이야기
— 책임과 따뜻함 사이에서

장이 꼬이다니 — 고마운 의료진 70

이 꼬마가 정말 이 책을 읽어요? 73

엄마의 전력질주 79

혈액형 미스터리 사건 83

중랑천 둑방의 스타 86

바른생활 아들, 그리고 잃어버린 상장 90

수능, 그리고 아이의 선택 94

진료실의 아들 99

벌레도, 범죄자도, 며느리 앞에선 무릎 꿇는다 102

며느리의 마트 나물과 햇반 철학 105

손녀 이야기 108

3부. 작은아들의 이야기
— 세상을 향한 젊은 날의 도전

이사, 그리고 반장	114
모래주머니 속의 꿈	118
졸업식 앞두고 반성문	123
이겨야 직성이 풀리는 아들	127
반짝이는 눈동자의 둘째 아이	133
스무 살, 무전 자전거 여행기	137
졸병 둘째의 면회실	142
어른이 되어 가는 아들	146
법학도의 길	150
전세로 들어온 예비 며느리	154

4부. 가족과 친구
— 함께여서 빛났던 시간들

성주 이모님	158
아버지를 추억하며 — 그리움으로 다시 덮는 새벽의 기억	162
제사상의 밥 세 그릇의 비밀	167

병실 16호실, 인연의 시간들

— 72병동에서 보낸 3주의 기록　173

보약 같은 인연　179

파크골프장에서 피어난 웃음꽃　184

인생네컷　189

춤추는 일상, 라인댄스　192

낯선 호칭 앞에서　195

5부. 나의 삶과 철학
— 생각하며 살아간다는 것

쇼펜하우어의 질문 앞에서, 삶을 다시 묻다　200

생각대로 사는 삶　203

나그네의 길 위에서　206

김치 비지찌개를 끓이며　209

황혼을 바라보며　211

힘 빼기 연습　214

수락산 길 위에서 만난 시인 천상병　217

꽃 피우지 않는 군자란　220

고추나무와 방울토마토　222

오늘도 아파서 다행입니다　225

옷차림에 대하여　228

나눔의 힘 — 그리고 작은 실천   230

하쿠나 마타타, 남편과 떠난 아프리카 여행

— 케냐·탄자니아·잠비아·짐바브웨

   ·보츠와나·남아프리카공화국 여행기   233

텃밭에서 흙과 함께   243

초보 농부의 주먹구구식 감자 농사   247

6부. 존엄한 삶, 존엄한 마무리
— 내가 스스로 선택한 마지막 여정의 기록

나의 마지막을 준비하며   252

죽음을 준비하는 것은, 곧 삶을 사랑하는 일   257

에필로그   258

감사의 글   261

1부. 나와 남편의 이야기
— 함께 걸어온 길

젊은 날엔 서로의 꿈을 응원하며

때로는 서로를 원망하면서도 끝내 함께였다.

그 긴 세월의 굴곡 속에서 깨달은 것은

'사랑'이란 거창한 말보다 매일의 동행이 더 깊은 약속이라는 것

하얀 건반 위에서 나를 만나다

내 이름 석 자를 건 간판

내 이름 석 자를 걸고 문을 연 '박군자 피아노음악학원'.

음악교육을 전공한 너가 평생을 바쳐 온 일터이자, 삶의 절반디 담긴 곳이었다.

조그만 간판 하나가 내 인생의 반을 채운 셈이다.

그 세월 동안 피아노를 배우러 찾아온 아이들이 아직도 눈에 선하다.

하얀 건반 위로 조심스레 손을 올리던 작은 손가락들, 불안하게 떨리던 첫 음이 점점 자신감을 찾아가던 모습이 얼마나 사랑스러웠던지.

처음으로 한 곡을 완주했을 때, 아이들은 세상을 다 가진 듯 활짝 웃었다.

나는 그 웃음을 보며 마음속으로 조용히 박수를 쳤다.

"그래, 이게 바로 음악 교육이구나. 이게 성장이라는 거구나."

서툰 멜로디로 가득했던 그 시절, 우리 학원은 아이들의 하루가 적힌 일기장이었다.

아이들의 손끝이 노래할 때마다, 내 마음도 함께 노래했다.

시대의 변화, 새로운 배움의 시작

시간이 흘러 세상이 변했다.

이제 아이들은 바이엘이나 체르니보다 베스틴, 어드벤처 같은 교자를 원했고, 피아노를 배우기 시작하는 나이도 점점 어려졌다.

입시생들의 꿈 역시 클래식 피아노에서 실용음악과의 다양한 악기로 넓어졌다.

"선생님, 저 클래식 말고 실용음악 하고 싶어요."

그 한마디에 나는 다시 책을 폈다.

유아음악 교수법을 배우고, 실용음악 공부를 다시 시작했다.

학부모 상담, 강사 관리, 수업 준비로 하루 24시간이 모자랐지만, 배움을 멈추지 않는 용기가 내 인생에서 가장 멋진 악보였음을 이제야 안다.

새로운 이름, 새로운 책임

'박군자 피아노학원'은 어느 날 '캄스 실용음악학원'으로 다시 태어났다.

클래식뿐 아니라 다양한 악기를 가르치는 실용음악 학원으로의 변신이었다.

새 간판이 걸리던 순간, 가슴이 벅차오르면서도 묵직한 책임감이 함께 밀려왔다.

은행사거리의 작은 피아노 학원이 이제는 입시 전문 실용음악 학원으로 자리 잡았다.

학생이 늘어나자 학원 운영시간도 밤 10시까지, 공휴일에도 연습실을 열게 됐다.

나는 여전히 학부모 상담을 하고, 강사들을 관리하며, 아이들을 가르치는 피아노 선생님으로 살았다.

사람들은 나를 '원장 선생님'이라 불렀다.

그 이름 뒤에는 조용한 고독이 숨어 있었다.

학생들에게는 든든한 선생님, 강사들에게는 열정적인 리더여야 했으니까.

불 꺼진 사무실에서 혼자 숨을 고를 때면, 건반이 나에게 묻는 것

같았다.

"오늘도 잘 버텼어요?"

이제 돌아보면, 리더란 완벽한 사람이 아니라 흔들리면서도 끝내 무너지지 않는 사람이라는 걸 알게 됐다.

조용한 마무리, 그리고 또 다른 시작

세월은 어느새 나를 일흔으로 데려왔다.

몇 해 전, 오랜 세월 함께한 학원 문을 닫으며 조용히 내 인생의 한 장을 덮었다.

그날의 건반은 유난히 고요했다.

마치 속삭이듯 말했다.

"수고했어요, 선생님."

다시, 음악 곁으로

하지만 음악은 여전히 내 곁을 떠나지 않았다.

지금 나는 복지관에서 피아노 재능기부를 하고 있다.

아이들의 눈빛을 보면 예전 학원에서의 아이들이 떠오른다.

그들의 첫 음처럼, 나도 여전히 설렌다.

아이들의 손을 잡고 말한다.

"괜찮아, 틀려도 돼. 잘할 수 있단다."

그리고 마음속으로 또 한 번 미소 짓는다.

피아노는 내 인생의 시작이자, 여전히 나를 노래하게 하는 친구
니까.

해피한 엄마의 퇴근길

퇴근길의 공기가 노을빛으로 물들 때면, 늘 마음이 발걸음보다 먼저 집으로 달려갔다.

두 아들의 저녁밥을 챙겨 줘야 한다는 생각이 그 어떤 원생 등록보다 중요했으니까.

하루의 끝으로 향하는 길이었지만, 내 마음의 종착지는 언제나 집이었다.

현관문을 여는 순간, 익숙한 소리들이 나를 반겨 주곤 했다.

문제지 넘기는 바스락거림, 연필이 사각거리는 소리, 그리고 낮게 속삭이는 두 아들의 목소리….

학교를 마치고 돌아온 아이들은 네모난 교자상을 펴고 나란히 앉아 공부를 했다.

교자상은 작았지만, 그 위엔 세상이 펼쳐져 있었다.

가끔은 이런 생각도 들었다.

‘딸들이었으면 어땠을까?’

아마 방 안에서 “엄마~ 이 옷 어때요?” 하며 패션쇼를 열었을지도 모른다.

하지만 우리 아들들은 조용했다.

정말… 너무 조용했다.

“엄마, 나 오늘 상 받았어요.”

그런 말은 한 번도 하지 않았다.

대신 현관 옆에 상장과 임명장을 가지런히 세워 두었다.

‘이 정도면 알아들으시겠죠?’ 하는 무언의 자랑이었다.

말이 적은 대신, 센스는 아주 충만한 녀석들이었다.

서둘러 저녁상을 차려 주면, 아이들은 반찬 투정 한마디 없이 깨끗이 비웠다.

그 모습을 보는 것만으로도 내 배가 먼저 불러 왔다.

"엄마 밥이 제일 맛있어요"라는 말보다 말없이 비워진 그릇들이 나에게는 더 큰 칭찬이었다.

그때의 나는 세상에서 가장 행복한 '해피맘'이었다.

사회 속의 나, 그리고 가정 속의 나.

그 두 세계를 오가는 일은 생각보다 힘들었다.

그런데도 버틸 수 있었던 건, 곁에 늘 든든한 남편과 내 인생으 가장 반짝이는 두 보물 같은 두 아들 덕분이었다.

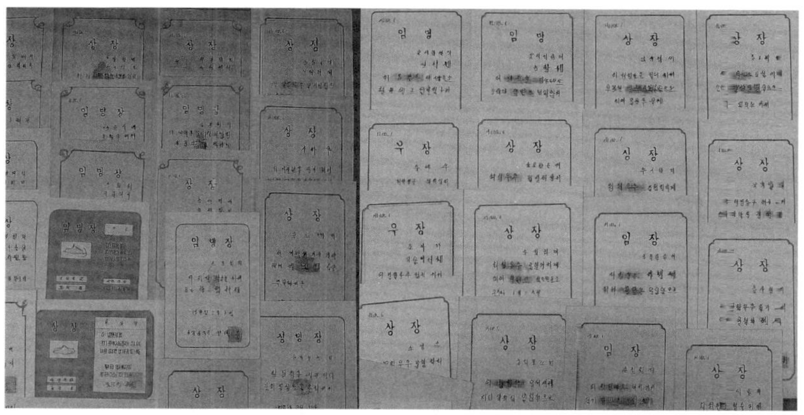

두 아들은 고마울 만큼 곧고 따뜻하게 자라 줬다.

성적도 좋고, 사춘기의 일탈도 없었다.

그야말로 "모범생 표본 세트".

선생님들과 지인들은 늘 말했다.

"아이고, 참 잘 키우셨어요."

그 말 한마디면 하루의 피로가 싹 풀렸다.

돌이켜보면 내 인생은 엄마로서, 선생님으로서, 원장으로서… 기쁨과 고단함, 웃음과 눈물이 번갈아 스쳤지만, 때로는 힘들었고, 때로는 눈부셨다.

그 고단함조차 내 인생의 가장 아름다운 시간이었다는 것을.

오늘도 노을빛이 서쪽 하늘에 물드는 시간, 그때의 소리들이 문득 그리워진다.

문제지 넘기는 바스락거림, 연필의 사각거림, 그리고 두 아들의 낮은 웃음소리….

태몽

커다란 장독의 꿈

그리 높지 않은 산의 중턱쯤을 오르던 어느 날이었다.

햇살이 따스하게 나뭇잎 사이로 스며드는 산길에서, 처음 보는 온화한 얼굴의 할머니 한 분이 나를 부르셨다.

그분은 지름이 한 아름 반, 높이가 세 아름쯤 되어 보이는 커다란 장독 두 개를 내게 주시며 말씀하셨다.

"이건 네 거란다."

두 팔을 벌려도 닿지 않을 만큼 큰 장독이었다.

둘레가 얼마나 넓던지 세 아름이나 되어 보였다.

나는 까치발을 하고 장독 안을 들여다보았다.

그 안은 깊고도 넓어서, 된장을 담으려면 참 많은 메주가 필요하겠다는 생각이 들었다.

그래서 한 독에는 된장을, 다른 독에는 간장을 담기로 마음속으로 정했다.

그날 이후, 나는 알았다.

첫 번째 보물이 내게 오고 있음을.

첫 번째 보물 장독 같은 아이

첫째 아이의 태몽이었다.

그 아이는 장독처럼 듬직하고 묵직한 기운으로 다가왔다.

임신 초기에도 다른 엄마들처럼 입덧이 심하지 않았고, 큰 불편도 없었다.

그저 가끔 나른하고 졸릴 뿐이었다.

결혼 전엔 즐기지 않던 순대가 문득 먹고 싶어졌던 것 외에는, 입맛도, 마음도 평온했다.

배 속의 아기는 조용했다.

"나 여기 있어요"라고 존재를 드러내기보다, 있는 듯 없는 듯 묵묵히 자라고 있었다.

어쩐지 태중에서도 이미 속 깊고 사려 깊은 아이 같았다.

엄마를 힘들게 하지 않는, 착하고 듬직한 첫째였다.

꽃사슴 두 마리 꿈

시간이 흘러 다시 봄이 찾아왔을 때,

나는 어린 시절 친구들과 잠자리 잡고 풀피리 불던 둑방을 남편과 함께 찾았다.

그곳에서 남편은 형형색색의 커다란 꽃다발을 내 품에 안겨 주었다.

두 손이 아닌 두 팔로 감싸안아야 할 만큼 큰 꽃다발이었다.

꽃마다 뿌리가 함께 있어서, 집에 돌아가 심으면 다시 피어날 것 같았다.

그 꽃다발을 품에 안고 돌아오는 길, 문득 눈앞에 조선시대의 고댓등 같은 커다란 기와집이 나타났다.

높은 담장 위엔 붉은 장미가 만발해 있었고, 그 의로 동그란 눈망울을 가진 꽃사슴 두 마리가 나를 바라보고 있었다.

마치 "나를 안아 주세요"라고 말하는 듯한 눈빛이었다.

나는 품에 안은 꽃다발을 허리춤에 끼워 두고 두 팔을 벌렸다.

그 순간, 사랑스러운 사슴 두 마리가 내 품으로 폴짝 뛰어들었다.

그 따뜻한 느낌이 지금도 생생하다.

그날 이후, 나는 다시 알았다.

두 번째 보물이 내게 오고 있음을.

두 번째 보물, 꽃사슴의 눈망울

둘째 아이의 태몽은 꽃사슴이었다.

그 눈망울은 반짝였고, 눈빛은 다정했다.

첫째의 장독이 듬직한 안정이었다면, 둘째는 사랑스럽고 온기 가득한 생명 그 자체였다.

둘째 역시 첫째처럼 입덧이 전혀 없었다.

오히려 밥맛이 너무 좋아 식사량을 줄여야 할 정도였다.

두 아이 모두 엄마의 뱃속이 좋았는지 예정일을 훌쩍 넘기고서야 세상 밖으로 나왔다.

두 빛깔의 보물

첫째는 커다란 장독으로, 둘째는 눈부신 꽃사슴으로 내게 왔다.

두 개의 태몽은 모두 쌍둥이를 암시하듯 짝을 이루었지만, 서로 다른 빛깔로 나의 품에 안긴 두 보물이 되었다.

이제 돌이켜 보면, 그 꿈들은 단순한 예지몽이 아니었다.

아이들이 어떤 마음으로 이 세상에 올지를 보여 준 신비한 선물이었음을 안다.

넉넉하고 든든한 장독 같은 첫째, 사랑스럽고 온기 가득한 사슴 같은 둘째.

그 둘은 지금도 그 꿈의 모습 그대로, 서로 다른 빛으로 내 곁에서 반짝이며 내 삶을 풍요롭게 채워 주고 있다.

두 번의 출산기

삶 속의 평범한 일상을 통해 '여성으로서, 아내로서, 그리고 어머니로서의 나'를 되돌아보는 글을 써 내려간다.

고통과 사랑이 교차하는 인생의 순간들을 따뜻한 시선으로 기록하며, 한 사람의 '엄마'가 되어 가는 과정을 솔직하게 풀어낸다.

입덧 대신 밥맛 — 특별했던 나의 임신 초반기

임신을 두 번이나 했지만, 나는 흔히 말하는 '입덧'이라는 것을 한 번도 겪지 않았다.

세상에 그런 일이 있나 싶겠지만, 입덧은커녕 밥맛이 더 좋아져서 김치 하나만 있어도 밥이 꿀맛이었다.

마구마구 먹어 대는 나를 보고, 식사 도중 숟가락을 멈추시던 시어머니가 나를 물끄러미 바라보시며 "너는 그렇게도 밥맛이 좋으냐" 하시던 그 표정이 아즈도 선하다.

그 흔한 구역질 한 번 하지 않았고, 평소 특유의 냄새와 모양 때문에 쳐다보지도 못하던 순댓국이나 내장 고기도 임신 후에는 신기하게도 즐겨 먹게 되었다.

남들은 입덧 때문에 고생하며 토하고 못 먹는다는데, 나는 오히려 밥맛이 더 좋아져 하루하루 잘 먹으며 지냈다.

그 덕에 산달이 되었을 땐 배가 남산만큼 불러, 언제 터질지 모를 풍선 같았다.

첫째의 느린 탄생 — 11개월 만의 기적

예정일이 지나도 아무 기미가 보이지 않자 유도분만을 위해 평소 다니던 박○순 산부인과를 찾았다.

여의사인 줄 알고 선택한 병원이었지만, 사실은 남자 의사였다

그런데 이상하게도 10개월 동안 아무 일 없이 다녔던 병원에서 내 진료기록이 통째로 사라져 있었다.

기분이 상한 남편은 간호사와 언쟁을 벌였고, 결국 우리는 출산 가방을 들고 근처의 다른 병원으로 옮겼다.

며칠 뒤, 나는 다른 산모들보다 훨씬 느린 '11개월째'에, 무려 17시간의 산고 끝에 첫 아이를 자연분만했다.

요즘처럼 주 단위가 아니라 달 단위로 셌던 시절이라, 정말 한 달을 더 품은 셈이었다.

아마도 첫째는 이 세상을 좀 더 늦게 구경하고 싶었던 모양이다.

그때의 첫 울음소리가 아직도 내 귀에 선명하다.

둘째의 기다림 ― 또 한 번의 긴 여정

둘째 아이를 가졌을 때도 사정은 비슷했다.

이번에도 입덧은커녕 밥맛이 너무 좋았다.

다만 첫째 때 아이가 커서 고생을 많이 했던 기억 때문에, 일부러 고기류는 피하려 애썼을 뿐이다.

그런데 둘째마저도 예정일을 훌쩍 넘기더니, 한 달이 지나도 태어날 기미가 보이지 않았다.

그때 시어머니가 웃으며 하신 말씀이 아직도 잊히지 않는다.

"너는 사람 새끼를 낳는 게 아니라, 말 새끼를 낳는구나!"

그 말에 웃음이 터졌지만, 마음 한편은 걱정이 스쳤다.

병원에 진찰을 가자 의사가 무심하게 한마디 했다.

"오늘 한번 낳아 보실래요?"

종합병원 산부인과에서, 산모에게 그렇게 말할 수 있다는 게 놀라웠다.

나는 말문이 막혔다.

고통 속의 감사 ― 난산 끝에 얻은 생명

결국 이번에도 지인의 소개로 병원을 옮겼다.

대학병원이 아닌 개인병원이었지만, 그곳에서 둘째를 낳았다.

김치만 먹었는데도 아이는 체중이 크고 머리도 컸다.

그 덕에 분만은 길고 고통스러웠다.

의사는 진땀을 흘리며 말했다.

"초산도 아닌데, 두 번째 아이를 이렇게 어렵게 낳는 산모는 처음 봅니다."

그 말에 부끄럽기도 하고 미안하기도 했다.

거의 난산 수준의 분만을 마치고 나서 나는 거의 의식을 잃을 정도로 탈진했지만, 고생한 의사와 간호사에게 미안한 마음이 더 컸다.

그래서 분만 후에도 부축 한 번 받지 않고, 1층 분만실에서 2층 입원실까지 계단을 스스로 걸어 올라갔다.

그리고 침대 위에 몸을 눕히자마자 그대로 잠이 들었다.

그다음 기억은 없다.

아마 그때 나는 내 정신이 아니었던 것 같다.

하지만 그 모든 시간이 지나고 나니, 그 고통조차 내 삶의 한 조각으로 다정하게 남았다.

엄마로 다시 태어나다

입덧 대신 밥맛을 품었던 나의 두 번의 임신, 그 시간들은 어쩌면 내가 '엄마'라는 이름으로 다시 태어난 과정이었는지도 모르겠다.

고통은 순간이었고, 생명은 평생이었다.

아이를 품은 시간은 나에게 단순한 기다림이 아니라, 나 자신을 다시 낳는 여정이었다.

효자 남편 ― 나의 서운함

　남편은 누구보다 효심이 깊은 사람이었다. 아버지를 세 살에 여의고, 홀로 두 형제를 키우신 어머니를 향한 그의 마음은 남달랐다.

　나는 그 마음을 가까이에서 지켜보며, 얼마나 순수하고 진실한 사랑인지 수없이 느꼈다.

시어머니 역시 남편에게 지나칠 정도로 기대하고 의지하셨다.

큰아들보다 다정하고 자상한 둘째 아들에게, 온 마음을 다해 특별한 애정을 쏟으셨다.

나는 그런 관계를 이해하고 받아들이려 애썼지만, 그럼에도 내 마음 한편에는 늘 서운함이 자리했다.

"왜 언제나 나보다 어머니가 먼저일까?"

이 질문은 날마다 마음 깊은 곳에서 맴돌았다. 그리고 나의 존재는 어딘가 그림자처럼 느껴졌다.

머리로는 충분히 이해했지만, 가슴속 서운함은 쉽사리 사라지지 않았다. 남편의 다정함과 효심이 눈부셨던 만큼, 내 마음은 더욱 작게 움츠러든 것만 같았다.

한때, 그 서운함은 이혼까지 고민하게 만들 정도로 깊었다.

하지만 나는 단 한 번도 그것을 솔직히 말하지 못했다.

마음을 드러내기보다는, 감정을 숨긴 채, 짜증 섞인 말투로만 불편함을 흘려보냈다.

돌이켜 보면, 그 시절의 상처는 남편과 시어머니의 관계가 만들어 낸 복합적인 문제이기도 했지만, 내 안의 미숙함과 여유 부족도 그 감정의 한몫을 차지했음을 이제는 안다.

가끔 나는 그 시절을 떠올리며 스스로에게 묻는다.

만약 내가 조금 더 이해하고 배려했다면, 남편의 건강은 지금보다 나왔을까.

'삶은 좀 더 가벼웠을까?'

'나의 작은 짜증들이 그의 어깨를 더 무겁게 만들진 않았을까?'

그런 생각이 들면 가슴 한편이 아릿해진다.

그럼에도 나는 그 시절의 우리를 부정하지 않는다.

서운함과 작은 다툼이 있었기에, 서로를 조금 더 이해하게 되었고, 지금의 단단한 삶으로 이어질 수 있었다는 것을 안다.

아마 그것이 인생의 묘미인지도 모른다.

요즘 들어 남편이 자주 병치레를 하는 모습을 보면 마음이 아프다.

'혹시 나의 작은 짜증들이 그의 몸에 부담이 되었던 건 아닐까.'

그 생각이 머릿속을 떠나지 않는다. 그의 고단한 삶을 떠올리며 나는 조용히 되뇐다.

"조금 더 이해하고, 조금 더 배려하고, 조금 더 사랑해야지."

우리의 시간은 그렇게, 서운함과 미안함 속에서도 서로를 품으며, 단단하게 이어지고 있다.

자식이란, 삶의 작품

사랑의 시작

자식이란 참 신기한 존재다.

뱃속에 있을 땐 그저 조그만 생명이었는데, 세상에 나오는 순간부터 내 인생의 중심이 되어 버렸다.

그때부터 내 하루의 90%는 "얘 밥 먹었나, 잠은 잘 자나"로 채워졌다.

부모 마음은 다 똑같다.

"나보다 더 똑똑하게, 더 행복하게 살면 좋겠다."

이 단순한 바람이 어쩌면 인류를 여기까지 발전시킨 원동력 아닐까 싶다.

유전자의 본능이라지만, 사실은 그냥 '내 새끼 잘됐으면 좋겠다'는 사랑의 본능이다.

젊은 시절의 고민과 걱정

젊었을 땐 참 열정적인 엄마였다.

아이 성적표를 받을 때마다 내 심장이 함께 오르락내리락했고, 아이가 감기만 걸려도 밤새 잠을 설쳤다.

"혹시 큰 병이면 어쩌지?" "공부 안 하면 인생 망하는 거 아닌가"

이제 와 돌이켜 보면, 그때의 나는 아이보다 더 초조했다.

완벽한 부모가 되고 싶었지만, 현실은 '잔소리형 관리자'였다.

내가 정해 놓은 길을 따라오길 바랐고, 조금만 벗어나면 "그건 아니야"라고 끼어들었다.

지금 생각하면, 내가 아이 인생의 '내비게이션 오류'였다.

늘 재계산하느라 아이도 나도 피곤했을 것이다.

하지만 세월이 지나니 알겠다.

부모란 아이가 넘어져도 다시 일어날 수 있게 믿어 주는 사람이지, 넘어지지 않게 옆에서 붙잡는 사람이 아니더라.

시대 속에서의 부모와 자식

이제 내 두 아들은 40대가 됐다.

내가 그 나이였을 땐, 부모의 기대와 사회의 시선이 인생의 절반이었다.

그 시절엔 "자식이 잘돼야 부모 체면이 선다"는 말이 진리였다.

하지만 요즘은 다르다.

이제 자식은 '나의 분신'이 아니라 '각자의 인간'이다.

처음엔 그게 참 낯설었다.

"엄마는 네가 그 길 안 갔으면 좋겠어."

이 말이 입에 맴돌다가, 이제는 "그래, 너 좋으면 됐지 뭐"로 바뀌었다.

아이들이 각자의 삶을 꾸려 가는 걸 보며 깨닫는다.

이제는 조언보다 침묵이, 간섭보다 응원이 훨씬 큰 힘이 된다는 걸.

감사와 성찰

두 아들은 미숙한 엄마 밑에서도 잘 자라 줬다.

잔소리 폭격 속에서도 멀쩡히(?) 자라 의사와 사업가가 되었으니, '내 잔소리 효과도 조금은 있었나?' 싶다.

이제 그들이 나보다 더 현명하게 세상을 살아가는 걸 보며 고개가 절로 숙여진다.

"그래, 내가 가르친 게 아니라, 내가 배우고 있었구나."

자식은 부모의 작품이면서, 동시에 부모를 성장시키는 선생님이다

나는 그들을 키운 줄 알았는데, 사실은 그들이 나를 키웠다.

인생이란 참, 그런 식으로 우리를 서로 다듬어 간다.

돌아보면 자식과 함께한 시간은 '성장 드라마'였다.

내가 주연인 줄 알았는데, 알고 보니 나는 조연이었다.

이제는 그들의 인생 무대 뒤에서 조용히 박수 치는 역할이 편하다.

그들이 자기 길을 걸으며 웃는 모습을 보면, 마음속에서 이렇게 속삭인다.

"그래, 저게 진짜 성공이지."

결국 자식은 나의 사랑이자 성찰의 결과물, 그리고 세상에서 가장 아름답게 완성된 삶의 작품이다.

두 아들과 용돈 전쟁

요즘 애들은 카드 쓰고 이체하고 그러지만, 내가 아이 키우던 시절엔 '화장대 서랍'이 곧 ATM이었다.

그 시절, 내 두 아들 — 의대생 큰아들과 법대생 작은아들 — 은 둘 다 공부는 잘했는데, 돈 쓰는 스타일은 천양지차였다.

의대생은 돈보다 시간이 부족하고

큰아이는 의대생이었다.

의예과 때까진 과외로 용돈을 벌더니, 본과에 올라가고 몇 달이 지난 어느 날 갑자기 선언했다.

"이제 과외 그만해야겠어요. 공부가 너무 많아요."

그 말을 듣는 순간, '아 본과 올라갔을 때 내가 먼 저 말해 줄걸~ 내가 너무 무심했었나 보다' 하고 미안한 마음도 들었다.

'그래, 공부하느라 용돈 버느라 힘들었었지…?'

그러곤 용돈을 주기로 했다.

20만 원.

그땐 그 돈이면 웬만한 건 다 되는 시절이었다. (적어도 나는 그렇게 믿었다.)

법대생은 '친교 활동'의 달인

문제는 작은아이였다.

법대생이라더니, 법보다 '친교'를 더 열심히 하더라.

"엄마, 용돈이 부족허요."

"형은 괜찮다는데 너는 왜 부족하냐?"

"형은 의대생이잖아요. 하루 종일 도서관에 앉아 있잖아요. 저는 사람도 만나야 하고, 모임도 있고, 교류도 있고…."

듣다 보니 거의 국회 외교부 장관급 스케줄이었다.

그래서 하는 말이, "용돈을 두 배로, 40만 원으로 올려 주세요.'

엄마의 단호한 경제정책 발표

그때 내 속은 이랬다.

'형은 도서관에 있고, 넌 카페에 있겠구나.'

그래도 부모 마음이 약하다.

그래서 조건을 걸었다.

"좋다. 40만 원으로 올려 줄게. 하지만 한 달간 어디에 썼는지 가계부를 써서 보고해라."

그랬더니 둘째가 벌떡 일어나 말했다.

"엄마, 저를 못 믿는 거예요?"

그래서 나도 맞받았다.

"믿긴 믿는데, 신용등급이 좀 불안하단다."

그 뒤의 반전

그랬더니 녀석이 비장하게 말했다.

"좋아요. 1년만 용돈 받고, 그다음부터는 장학금이나 아르바이트로 제힘으로 살 거예요!"

그리고 정말로 1년 뒤 장학금을 한 번 탔다. 딱 한 번!

훗날 "그땐 운이 좋았어" 하고 말하더라.

그래도 그 약속 하나로 나는 참 흐뭇했다.

화장대 서랍의 미스터리

사실 그 무렵, 나는 비상시를 대비해 화장대 서랍에 몇 만 원씩 넣어 두곤 했다.

"혹시 급히 필요한 날 쓰라고."

그런데 어느 날부터인가, 그 돈이 번개처럼 사라지기 시작했다

하루는 만 원 넣었는데 다음 날 보니 천 원 남고, 다음엔 5만 원 넣었는데 그날 저녁엔 빈 봉투.

'이 집에 혹시 현금 먹는 귀신이 있나?'

나중엔 속으로 이랬다.

'아니, 내가 화장대를 두었지, 공금 상납소를 만든 게 아닌데…'

작은아들의 돈 철학

처음엔 둘이 번갈아 쓴 줄 알았다.

남편과 나는 번갈아 가며 잔소리했다.

"돈은 버는 것도 중요하지만, 잘 쓸 줄 알아야 한다" "꼭 필요한 데간 잘 써라" 그랬더니 작은아이가 말했다.

"꼭 필요한 데만 잘 썼어요. 잘 쓸 줄 아니까 썼죠."

그 말을 듣는 순간, 내가 잠시 정신이 멍했다.

‘이놈, 말은 청산유수같이 하는구나.’

지금 돌이켜 보면

그땐 괜히 돈 아끼게 하겠다고, 엄하게 굴었던 것 같다.

이제 와서 생각하니, 그 아이들이 용돈을 조금 더 받았다고 나쁜 데 썼을 리도 없었을 텐데 말이다.

의경 엄마의 편지, 그리고 특박

고이 접어 두었던 2007년 5월 31일 자 기동경찰신문을 다시 펼쳐 본다.

작은아들이 의경으로 입대한 그해, 나는 군인 신분이 된 아들을 위해 무엇을 해 줄 수 있을지 매일같이 고민하던 엄마였다.

그 시절 사회 분위기는 무겁고 팽팽했다.

한미 FTA 협상과 광우병 사태로 시위가 잦아지며, 의경들의 훈련 강도는 한층 높아졌다.

갓 입대한 신참들은 고된 훈련에 더해 고참들의 군기까지 견뎌야 했고, 부모로서 그 현실을 짐작하는 것만으로도 마음이 놓이지 않았다.

어느 날, 아들이 속한 기동대를 면회하고 돌아온 뒤부터 나는 의경 생활을 새롭게 보게 되었다.

면회실에서 마주한 아들은 어딘가 굳어 있었다.

낯선 긴장감, 잠시도 마음을 놓지 못하는 표정이 오래도록 눈에 밟혀 그날 밤 잠을 이루지 못했다.

집으로 돌아와 '전의경 부모모임'이라는 온라인 카페를 찾아 들어갔다.

그곳에는 내가 몰랐던 현실이 글로 쏟아져 있었다.

고참들의 비상식적인 괴롭힘, 이를 외면하는 지휘관들, 그리고 그 속에서 버티는 아들 같은 청년들의 이야기.

익명의 글이었지만, 직접 본 아들의 모습을 떠올리면 그 어느 것 하나 허투루 넘길 수 없었다.

물론 모든 고참이 문제라고 단정할 수는 없다.

하지만 위계질서라는 이름 아래 이루어지는 폭언과 갈굼이 규율이라는 단어로 정당화되어선 안 된다는 사실만큼은 분명했다.

훈련과 관리의 경계가 무너질 때, 젊은 병사들의 상처는 개인의 아픔을 넘어 제도의 결함이 된다.

그때부터 나는 아들을 지키기 위해 움직였다.

온라인을 넘어 다른 부모들과 직접 만나 이야기를 나누고, 현장 경험이 있는 이들의 말을 들으며 우리의 결론은 하나로 모였다.

"시위 현장의 과격함이 줄어들지 않는 한, 그 스트레스는 결국 약한 후임들에게 향할 수밖에 없다."

우리는 그 믿음으로 행동하기 시작했다.

몇몇 부모들과 함께 시위 현장으로 나가 맞시위를 하기도 했다.

"전의경은 군 복무를 위해 온 청년들입니다. 시위대의 적이 아닙니다. 제발 다치게 하지 말아 주세요."

추운 바람 속에서도 우리는 목이 터져라 외쳤다.

그날의 외침은 지금도 내 가슴 한편에서 메아리친다.

나는 믿는다.

시위가 평화로운 방식으로 이루어질 때, 아들 같은 청년들의 내무반 생활도 훨씬 인간다워질 것이라고.

규율은 필요하지만, 그 규율이 사람을 상처 입혀서는 안 된다.

어머니로서 내가 할 수 있는 일은 단지 아들을 걱정하는 데 그치지 않았다.

그가 속한 시스템이 조금이라도 더 사람답게 작동하도록 작은 목소리라도 내는 것이 내 뜻이었다.

그러던 어느 날, 기동경찰신문에 글을 올리면 2박 3일의 휴가가 주어진다는 소식을 들었다.

나는 그 길로 편지글을 썼다.

개인적인 사연에 공익적인 마음을 담아 인터넷에 올렸고, 다행히 게재되어 아들은 짧은 휴가를 받게 되었다.

짧은 2박 3일.

그 시간 동안 아들은 비로소 숨을 쉴 수 있었고, 우리 가족은 오랜만에 안도할 수 있었다.

돌이켜 보면 그 모든 것은 애타는 마음에서 비롯된 일이었다.

하지만 지금은 미소 지으며 추억할 수 있다.

그때의 간절함도, 그해의 눈물도, 결국은 시간이 만들어 준 하나의 따뜻한 장면이 되었으니까.

의사의 부모로 산다는 것

아들이 사라졌다.

그날을 아직도 잊지 못한다.

큰아들이 I대병원 내과 레지던트 2년 차로 일하던 때였다.

집과는 멀리 떨어진 곳에서, 하루에도 수십 명의 환자를 돌보며 잠도 못 자고 밥도 거르는 날이 많다는 걸 알고는 있었다.

하지만 막상 그 고된 현장 한가운데 있는 아들을 보니, 의사라는 직업이 얼마나 버거운지 새삼 느껴졌다.

하루에 열 명이 할 일을 한 사람이 감당해야 하는 자리, 그것이 레지던트의 삶이었다.

의사 사회는 도제식이라 했다.

윗사람의 말은 절대적이고, 선후배 간의 질서가 군대처럼 엄격하다고 했다.

게다가 일부 교수나 선배는 후배의 자존심을 서슴없이 짓밟는 말도 한다니, 그 얘기를 들을 때마다 마음이 철렁 내려앉았다.

그런 곳에서 우리 아들이 잘 버티고 있을까… 늘 걱정이 머리를 떠나지 않았다.

그러던 어느 날, 병원에서 전화가 걸려 왔다.

"최 선생님 어머님 되시죠? 아드님이 병원에서 사라지셨습니다. 전화도 꺼져 있고요."

그 말을 듣는 순간, 다리가 풀려 주저앉을 뻔했다.

아들이 사라졌다고?

내 귀를 의심했다.

서둘러 남편과 함께 아들이 살던 자취방으로 달려갔다.

하지만 문은 굳게 잠겨 있었고, 아무리 두드려도 대답이 없었다.

문 너머의 침묵이 그렇게 무겁게 느껴진 적이 없었다.

'오늘 밥도 못 먹었을 텐데….'

참을성 많고 책임감 강한 아이였다.

그런 아들이 병원을 뛰쳐나왔다는 건, 얼마나 힘들고 절망스러운 일이 있었던 걸까.

레지던트 과정을 중간에 그만두면, 다시 처음부터 시작해야 한다는데… 그 길고 험한 과정을 또 견뎌야 한다면, 아들이 감당할 수 있을까 걱정이 밀려왔다.

그날 밤, 나는 아들에게 메일을 보냈다.

[밥 좀 먹고 푹 쉬어라. 괜찮다. 엄마는 네 편이야.]

하지만 아무 대답이 없었다.

전화는 꺼져 있고, 문은 잠겨 있었다.

남편과 나는 서로의 손을 꼭 잡고 말했다.

"괜찮을 거야. 별일 없을 거야."

그 말로 서로를 위로하며 또다시 집으로 돌아왔다.

지금 생각해도, 그때 남편이 곁에 있어 얼마나 다행이었는지 모른다.

혼자였다면 버티지 못했을 것이다.

다음 날, 아들에게서 짧은 문자가 도착했다.

[병원으로 복귀했어요. 이유는 묻지 마세요.]

나는 그 문자를 수십 번 읽었다.

'고맙구나. 잘했다.'

이유는 묻지 않아도 괜찮았다.

아들은 언제나 정도에서 벗어나지 않는 사람이라는 걸, 나는, 그리고 남편은 믿었다.

지금 그는 신장내과 전문의가 되어 환자들을 돌보고 있다.

그날의 일을 떠올리면 아직도 가슴 한쪽이 시리다.

왜 그런 일이 있었는지, 지금도 정확히는 모른다.

하지만 분명한 건, 그때 아들은 견딜 수 없는 고통 속에서 자신을 지키기 위해 잠시 세상으로부터 숨어야 했던 것이라는 사실이다.

그날의 기억은 내게 부모로서의 한계를 일깨워 주었다.

자식의 아픔을 대신해 줄 수 없다는, 너무나 단단한 현실.

그저 멀리서 바라보며 믿고 기다리는 것, 그것이 부모가 자식에게 줄 수 있는 마지막 사랑일지도 모르겠다.

병실에서 보낸 그해 여름의 기억

2021년 8월, 남편은 S대병원에서 수술을 받고 약 3주간 입원했다.

그 시절의 기억은 아직도 생생하다. 나는 병실 한구석에 앉아, 하루하루를 기록하듯 메모를 남겼다.

그리고 오늘, 그 이야기를 다시 꺼내 본다.

입원 첫날 밤을 겨우 보내고 맞이한 아침, 남편은 낮 12시 수술을 앞두고 있었다.

11시 40분쯤 수술장으로 옮겨지고, 나는 보호자 대기석 대신 병실에서 기다려야 했다. 코로나 시국이라 수술장 근처는 접근조차 허락되지 않았고, 병실에서도 24시간 마스크를 써야 했다.

그렇게 홀로 남겨진 채 기다리는 시간은 참으로 길었다.

눈물이 자꾸만 흘러나왔고, 훌쩍임을 멈출 수 없었다.

7시간 20분의 수술이 끝나고, 남편이 병실로 돌아왔을 때의 모습은 아직도 눈에 선하다.

얼굴은 퉁퉁 부어 있었고, 몸 곳곳에는 구멍이 뚫려 여러 개의 관이 달려 있었다.

그 관들마다 링거 줄이 얽히고설켜, 마치 온몸이 의료기기에 매달려 있는 듯했다.

남편은 많이 지쳐 보였다.

그런데도 주치의는 환자가 의식을 유지하며 폐를 펴기 위한 호흡운동을 해야 한다고 했다.

밤 1시까지 잠을 재우지 말고, '탁구공을 빨대로 불어 올리는' 운동을 반복하라 했다.

나는 차마 쉬게 해 주고 싶었지만, 남편의 회복을 위해 계속해서 그를 깨워야 했다.

남편은 잠에 빠지려 할 때마다 힘겹게 눈을 떴고, 그날 밤 우리는 둘 다 지옥 같은 시간을 보냈다.

병실의 하루는 새벽부터 시작된다.

새벽이면 드레싱과 각종 검사로 쉴 틈이 없었다.

그나마 조금 회복된 오후, 간호사는 환자에게 '병원 복도 20바퀴씩 5세트 돌기'라는 숙제를 내줬다.

앉을 힘조차 없는 남편이 걸음마를 배우듯 한 발, 두 발 내딛는 모습은 참으로 짠했다.

그렇게 조금씩, 아주 조금씩 회복이 시작되었다.

수술 후 삼 일째 되는 날, 드디어 가스가 나왔다.

그제야 식사를 허락받았고, 다행히 남편은 식사를 꽤 잘했다.

하지만 변비는 여전히 고통스러웠고, 그것이 환자를 더욱 지치게 했다.

매일같이 새벽부터 밤까지 검사, 소독, 운동으로 가득한 하루들이 이어졌고, 그사이 남편의 얼굴에는 조금씩 생기가 돌기 시작했다.

시간이 멈춘 듯했던 병동의 시계도 어느새 돌아가고 있었다.

수술 후 2주쯤 지나 조직검사 결과가 나왔다.

"항암치료는 안 해도 됩니다. 이번 치료로 끝입니다."

교수님의 말에 우리는 눈을 마주 보며 웃었다.

조기퇴원보다도, 항암이 필요 없다는 사실이 그토록 기쁠 수가 없었다.

하지만 기쁨도 잠시였다.

몸에 달린 고무관 하나를 제거하는 과정이 기다리고 있었다.

마취 없이, 생살에 남은 구멍을 스테이플러로 집는다는 말을 듣자 나도 모르게 숨이 막혔다.

남편은 이를 악물고 참았지만 결국 비명을 질렀다.

"지옥이 따로 없다"는 그의 말에, 나는 그저 손을 꼭 잡아 줄 뿐이었다.

온몸이 땀으로 젖은 그 순간, 나는 그 고통이 하루빨리 끝나기만을
바랐다.

퇴원을 하루 앞둔 밤, 갑자기 남편에게 열이 나기 시작했다.
백혈구 수치가 오르그, 응급 엑스레이와 혈액검사, 소변검사가 이어
졌다.
밤을 꼴딱 새운 뒤에도 결과는 알 수 없었다.
세균 배양검사는 며칠이 걸린다 했다.
게다가 투시촬영 결과, 수술 부위가 아직 덜 아물었다고 했다.
결국 기대하던 추석 전 퇴원은 미뤄졌다.

그날 새벽, 병실 창밖으로 희미한 여명이 번지고 있었다.
나는 잠든 남편 얼굴을 바라보며 생각했다.
'이 고비만 넘기면, 우리 다시 평범한 일상으로 돌아갈 수 있겠지… '
그 여름, 병실의 시간은 느리게 흘렀지만, 그 안에는 삶의 소중함이
농축되어 있었다.
이제 돌아보면, 그 모든 시간이 우리 부부에게 또 하나의 '기적'이었
던 것 같다.

길에서 흘린 눈물

올여름부터 이어진 오른쪽 아래 어금니 브릿지 시술을 마무리하는 날이었다.

며칠째 입맛이 사라진 남편은 얼굴빛이 노르댕댕하게 뜬 채로, 겨우 발을 옮겼다.

"혼자 갈 테니 집에 있어요."

몇 번을 말해도 남편은 고집을 꺾지 않았다.

내가 치과 의자에 앉으면 다리가 떨려 몸을 가누기 어렵다는 걸, 그가 누구보다 잘 알고 있기 때문이다.

그래서 오늘도 그는 비틀거리는 몸을 이끌고 나섰다.

엘리베이터 앞에서 잠시 숨을 고르는 남편의 등을 보았다.

삶이란 게, 참으로 덧없고 고단하다는 생각이 스쳤다.

서로에게 기대어 버티는 지금의 우리를, 세상은 아무도 모른다.

진료를 마친 뒤 우리는 마들역 근처 신경과로 향했다.

남편의 냄새 인식 장애와 식욕 부진이 혹시 신경의 문제일까 싶어서였다.

의사는 고개를 저었다.

"냄새를 못 맡는 게 아니라, 냄새를 다르게 인식하는 겁니다. 신경과적 문제는 아닐 것 같네요."

짧은 말 한마디가 가슴에 길게 맺혔다.

그럼 이제 우리는 어디로 가야 하나.

무엇을 믿고 이 길을 걸어야 하나.

집 근처 역에 도착했을 때, 남편은 더는 걸음을 옮기지 못했다.

길가에 멈춰 서더니, 갑자기 몸을 숙이고 토하기 시작했다.

나는 놀라 달려가 등을 쓸어내렸다.

입안의 쓰디쓴 냄새가, 가을바람보다 차갑게 코끝을 때렸다.

'119를 불러야 할까? 응급실로 가야 하나? 아이들에게 연락해야 할까?'

수없이 많은 생각이 스쳐 지나갔지만, 결국 아무것도 할 수 없었다.

의료대란에 응급실 문턱은 높고, 멀리 떨어져 사는 아이들은 각자의 삶에 바쁘다.

나는 그저 남편의 등을 어루만질 뿐이었다.

토사물이 흘러내리는 길 위에, 내 눈물도 함께 떨어졌다.

한참을 그렇게 서 있었다.

시간은 무심히 흘러가고, 우리는 길 한가운데서 서로를 부축하며 거우 일어섰다.

집으로 돌아오는 길, 남편의 발걸음은 무거웠고, 그 뒤를 따르는 내 발걸음은 더디고 떨렸다.

누군가에게 도움을 청하지도 못한 채, 그저 서로의 그림자가 되어 천천히 걸었다.

문득, 오래전 아이들이 어릴 때의 기억이 스쳤다.

비 오는 날 젖은 우산을 들고 뛰어들던 작은 발소리들.

그 아이들이 이제는 각자의 세상에서, 각자의 삶을 꾸려 가고 있다.

우리는 그들의 기억 속 어딘가에 머물러 있을 뿐이다.

길 위에 떨어진 눈물 자국이 바람에 말라 갔다.

그 순간 깨달았다.

이제 우리의 남은 삶은 누군가의 보호 아래가 아니라, 서로의 손을 붙잡으며 조용히 견뎌 내는 시간이라는 것을.

오래된 가구와의 이별

작별을 결심하다

아침 햇살이 채 부서지기 전, 나는 오래도록 내 삶을 함께한 가구들과 작별을 고하기로 했다.

퀸 사이즈 돌침대, 싱글 침대, 4인용 가죽 소파.

이 물건들은 단순한 가구가 아니었다.

아이들과 함께 앉아 이야기 나누던 추억, 늦은 밤 남편과의 속삭임. 고단한 하루를 기대어 쉬던 자리까지, 모든 것이 그 안에 녹아 있었다.

손끝으로 만질 때마다 느껴지는 낡은 가죽과 나무의 질감은, 단순한 촉감이 아니라 기억의 구늬였다.

오랜 익숙함은 어느 순간 무거운 감정으로 변했다.

편안함이 아닌, 슬픔과 측은함이 함께 따라오는 느낌. 그래서 더 이상 마주하고 싶지 않은 날이 찾아왔다.

마음의 준비

나는 결심했다.

낡고 오래된 물건들을 내보내고, 산뜻하고 화사한 새로운 가구로 공간을 채우며, 마음 또한 새롭게 바꾸기로 했다.

오래된 가구를 정리하는 일은 단순히 물건을 버리는 일이 아니었다.

과거의 흔적을 정리하고, 내 안의 감정을 정돈하며, 앞으로의 나를 위한 공기를 만드는 의식과 같았다.

함께한 시간은 20년에서 30년, 색이 바래고 유행에서 벗어난, 볼품없는 가구들이었지만, 쉽게 떠나보낼 수 없었다.

첫째, 아직 쓸 수 있는 물건을 버리는 것은 낭비라는 생각이 마음을 붙들었다.

둘째, 아이들이 어릴 적 사용했던 물건이어서, 추억과 감정이 묻어나 마음이 가볍지 않았다.

셋째, '고쳐 쓰고, 닦아 쓰고, 간직하는 것이 미덕'이라 여긴 남편과의 합의를 얻어야 했다.

다행히 남편은 의외로 흔쾌히 동의해 주었다.

기억 속의 조각들

돌아보면, 이 가구들과 함께한 기억은 사소한 순간까지 특별했다.

아이들이 소파 위에서 뛰며 소리쳤던 웃음, 늦은 밤 남편과 나란히 앉아 오늘 하루를 나누던 시간, 비 오는 날 돌침대 위에 누워 쑤시는 허리를 지지던 조용한 오후.

모든 것이 낡아 버렸지만, 그 안에는 삶의 온기와 가족의 이야기가 그대로 남아 있었다.

버리는 것이 단순히 물건을 놓는 일이 아니라, 그동안 품고 있던 작은 행복들을 떠나보내는 일이었다.

이별의 순간

2025년 3월 1일, 아침 8시. 예약한 폐기물 처리업체에서 두 청년이 도착했다.

한 시간도 채 되지 않아, 무겁고 큰 가구들은 해체되고 분리되어 밖으로 나갔다.

혼자였다면 상상조차 하기 어려운 일이었지만, 아침부터 힘찬 청년들의 손길 덕분에 쉽게 마무리되었다.

비용은 22만 원. 고마운 마음에 조금 더 드렸다.

그날 집 안은 비워졌지만, 마음은 한층 가벼워졌다.

새로움의 시작

오래된 가구와의 이별은 단순한 물건 정리가 아니었다.

과거를 붙잡고 있던 마음을 놓아주고, 새로운 기억과 감정을 맞이할 준비를 하는 의식이었다.

이제 새 가구와 낯선 공기가 들어찬 집 안에서, 또 다른 이야기와 추억이 서서히 쌓여 갈 것이다.

그리고 나는 알았다. 떠나보낸 것은 단지 가구가 아니라, 오래된 시간 속 나 자신이었음을.

그 빈자리 위에 새로운 나의 날들이, 조용히 꽃피기 시작할 것임을.

다시, 삶을 맞이하며

살면서 우리는 무수한 '이별'을 겪는다.

사람일 수도, 공간일 수도, 혹은 오래된 물건일 수도 있다.

그 모든 이별 속에서 마음을 정리하고, 새로운 시작을 받아들일 용기를 배우는 것이 아닐까.

오래된 가구와 작별하며, 나는 나의 삶도 한 뼘 자란 기분이 들었다.

비워진 공간 속에 들어설 새로운 것들을 상상하며, 내 마음도 한결 가볍고 넓어졌다.

과거를 떠나보내고, 앞으로의 나를 맞이하는 일.

이 단순한 행위 속에서 나는 삶의 또 다른 기쁨을 발견했다.

건강지수 바닥, 불꽃놀이

요즘 들어 남편이 다시 기운을 잃고 무기력해 보인다.

작은 변화라 치부하기에는, 이미 겪어 온 시간들이 내 마음을 너무 예민하게 만들어 버렸다. 혹시 또 큰 병이 찾아온 건 아닐까, 내가 곁에 있어도 지켜만 보아야 하는 건 아닐까, 두려움이 꼬리를 물고 따라온다.

오늘은 몇 달 전 며느리와 만나기로 약속한 여의도 불꽃축제 날이다 마침 손녀의 생일이기도 해서, 며느리가 호텔까지 예약해 두었다 원래라면 설레며 준비했을 자리이지만, 남편의 건강을 생각하니 마음이 도무지 편치 않다. 화려한 불꽃을 올려다보는 순간에도 내 눈은 남편만을 쫓을 것이고, 혹시라도 무리하다 더 나빠지면 어쩌나 하는 두려움이 앞선다.

평소에는 늘 본인은 괜찮다며 내 건강만을 걱정해 주던 남편이 오늘은 이렇게 말했다.

"병원에 가서 영양제라도 맞으면 기력이 좀 돌아올까?"

그 순간 머리끝이 서늘해지는 듯했다. 남편의 무기력함을 단순한 게으름으로 여겨 잔소리를 하던 내가 얼마나 어리석고 미안한지, 마음 깊이 후회가 밀려왔다. 영양제를 맞고 가야 할지, 아니면 이번엔 포기해야 할지, 갈팡질팡하는 내 마음은 쉽게 가라앉지 않는다.

오후 2시부터 여의도 일대는 교통이 전면 통제된다니, 병원을 들렀다 출발하기엔 시간적 여유도 없다.

그래서 오늘, 나는 길 위에서 간절히 기도한다.
오늘 하루만큼은 부디 무사히 지나가기를.
영양제를 맞지 않아도 남편이 크게 힘들지 않기를.
그리고 손녀의 생일이 따뜻한 기억으로 오래 남기를.

둘이 함께 93세의 약속

"혹시, 우리⋯ 93세까지 살아 있을 수 있을까?"

그 질문이 가끔 내 머릿속을 스친다. 솔직히, 자신이 없다.

우리 둘 다 이미, 조용한 장애를 안고 살아가고 있으니까.

겉으로는 평범해 보여도, 서로의 고통을 누구보다 잘 알고 있다.

"내가 93세라면⋯ 당신은?"

"내가 93이면, 당신은 99세네. 건강하게 99까지 내 곁에 있어 준다면 좋겠지만⋯ 그건 욕심이겠지."

얼마 전 기사에서 네덜란드 전 총리 부부가 93세에 함께 세상을 떠났다는 걸 기사로 봤다.

"그들은 스스로 안락사를 선택했다더라."

짧은 기사 한 줄인데도, 마음이 계속 울렸다.

'우리도⋯ 그럴 수 있을까?' 하고.

"만약 우리가 둘 다 치유 불가능한 병에 걸린다면?"

"매일 통증에 시달리면서 살아야 한다면?"

그래서 우리는 조용히 같은 결론에 이르렀다.

'그날이 오면, 한 날 한시에, 함께 가자.'

그리고 혹시 모를 날을 위해 조금씩 약을 모으자고 약속했다.

그런데 솔직히 말하면, 아직 구체적인 계획은 없다.

언제, 어떻게 실행할지….

그냥 마음속 약속만 남아 있을 뿐이다.

"근데 나, 사실 한 사람이 먼저 떠나면 너무 두려워."

"응, 나도 그래. 남겨진다는 게 더 무섭지."

둘일 때는 서로 돌볼 마음의 준비가 되어 있지만, 혼자가 되면 마음의 버팀목도 사라진다.

자식들에게 짐이 되고 싶지 않고, 쓸모없고 나약한 모습으로 남고 싶지도 않다.

우리는 먼저 연명치료 거부 서약서를 작성하기로 했다.

죽음을 준비하는 게 아니라, 남은 시간까지 우리 삶을 존중하려는 최소한의 약속이다.

"언젠가 그날이 오겠지."

"응, 그때가 언제든, 우리는 끝까지 서로 곁에 있을 거야."

서로를 지켜보며, 마지막 순간까지 존엄하게, 함께 있는 게 우리 바람이다.

2부. 큰아들의 이야기
— 책임과 따뜻함 사이에서

"무거운 책임 속에서도 따뜻함을 잃지 않는 사람"

의사로 살아가는 큰아들의 모습을 보며

한 인간의 성숙이란 '남을 위하는 마음'에서 비롯된다는 걸 배웠다.

그의 진심, 그의 고단함 속에서

부모로서의 자부심과 삶의 의미를 다시금 느낀다.

장이 꼬이다니
─ 고마운 의료진

첫째 아이는 어릴 적부터 참을성이 남달랐다.

아픈 기색을 거의 내지 않아, 나는 종종 아이의 고통을 제때 알아채지 못했다.

그럴 때마다 아이는 이미 위급한 상태에 놓여 있었고, 나는 가끔 혼비백산하며 그 현실을 마주하곤 했다.

그날도 평범한 하루처럼 흘러갔다.

첫째 아이가 태어난 지 여섯 달쯤, 아이를 업고 뇌경색으로 입원한 친정아버지를 찾아뵌 뒤, 병원 근처 친정집으로 향했다.

엄마와 이런저런 이야기를 나누고, 첫째의 재롱을 보여드렸다. 도리도리, 짝짜꿍, 온몸으로 웃음을 선사하는 아이의 모습에, 순간만큼은 세상의 근심이 사라지는 듯했다.

하지만 저녁이 깊어 갈수록 아이는 우유를 잘 먹지 않았다.

늦은 밤, 갑자기 토했고, 토마토 케첩처럼 붉은 변을 보기 시작했다

처음엔 단순한 배탈이라 생각했다.

그러나 동네 병원은 이미 문을 닫았고, 나는 가까운 H대병원 응급실로 향할 수밖에 없었다.

진단 결과는 등골이 오싹해질 만큼 긴박했다.

장 일부가 꼬였고, 24시간 안에 수술하지 않으면 장이 괴사할 수 있다는 것.

의사는 담담하게 말했다.

"정말, 빨리 대학병원에 오셔서 다행입니다."

초보 엄마였던 나는 장이 꼬인 이유를 물었다.

의사는 잠시 생각한 뒤 말했다.

"장 운동이 활발한, 건강한 아이에게 가끔 일어나는 일입니다."

그 말을 듣는 순간, 나는 차갑게 식은 공기 속에서 숨을 삼켰다

만약 낮에 아이가 토했다면, 동네 병원에서 배탈 치료만 받고 끝났을지도 모른다. 그랬다면, 지금 이 글을 쓰고 있을 수 있었을까.

새벽 2시, 소아과 전문의의 손길 아래 아이의 꼬인 장이 풀렸다.

입원한 지 사흘 만에, 교수님과 레지던트 선생님들의 헌신 덕분에 아이는 무사히 회복했고, 우리는 집으로 돌아올 수 있었다.

그날의 안도감과 감사함은 지금도 마음 깊은 곳에 또렷이 남아 있다.

돌이켜 보면, 그때의 나는 철이 덜 들었던 것일까, 아니면 시민의식이 부족했던 것일까.

한밤중이든, 새벽이든, 언제든 병원에 갈 수 있다는 생각만 있었을 뿐, 깊은 잠에 들었다가도 응급환자 호출을 받으면 한걸음에 달려가 생명을 구하는 의료진의 헌신에 대해서는 깊이 생각해 본 적이 없었다.

하지만 이제는 안다.

의료진의 헌신과 손길이 만들어 낸 기적이 얼마나 소중한지를.

그날의 기억은 여전히 내 가슴속에서 살아 숨 쉬고 있다.

이 꼬마가 정말 이 책을 읽어요?

버스 타고 큰아이와 출퇴근

내가 휘경동에 살던 시절, 독립문 근처 학원까지 매일같이 출퇴근을 했다.

지금 같으면 어린이집에 아이 맡기고 "다녀올게요" 한마디면 될 일이지만, 그땐 그런 육아 돌봄 시스템이 아예 없었다.

시어머니가 편찮으시거나 대구에 다녀오셔야 할 때면, 아이를 돌볼 방법이 없어 결국 아이를 데리고 함께 출퇴근을 했다.

그때는 자가용이 흔한 시절이 아니라 버스를 타고 출퇴근을 했다.

그때 큰아이는 햇수로 세 살, 정확히 말하면 30개월쯤 된 꼬마였다.

버스 창문 밖으로 스치는 세상은 늘 새로웠고, 아이는 모든 숫자와 글자에 관심이 많았다.

"엄마, 저 버스에 쓰인 숫자가 뭐야?"

휘경동에서 독립문까지 오가는 길, 버스 창문 밖으로 다른 버스가
지나갈 때마다 아이는 묻곤 했다.

"엄마, 저건 몇 번 버스야?"

"235번."

"저건요?"

"107번."

꼬마 질문왕

하루에도 몇 번씩 같은 질문이 이어졌다.

한가할 땐 친절하게 대답해 줬지만, 바쁘거나 피곤한 날엔 솔직히 귀찮아서 그냥 못 들은 척 넘길 때도 있었다.

그러던 어느 날, 아들이 달력을 들고 와서 숫자를 짚으며 묻는 게 아닌가.

"이건 2, 이건 3, 이건 5 맞지?"

그렇게 혼자 숫자를 깨우치더니, 어느 날은 덧셈과 뺄셈까지 하겠단다.

남편은 신이 나서 구구단을 가르쳤고, 아이는 하나를 가르치면 응용해서 그걸 듣자마자 3단, 4단까지 알아내곤 했다.

"이 녀석, 계산이 너무 빠른데?"

우리 부부는 조금 놀랐다.

한글도 그랬다.

어느 날 함께 식당에 갔을 때, 벽에 붙은 메뉴판을 보고 묻는다.

"엄마, 저건 뭐라고 써 있어?"

"설렁탕, 김치찌개, 해장국."

그날 이후 아이는 식당 벽, 포스터, 신문… 어디든 글자가 있으면 엄마를 붙잡고 물었다.

"이 글자는 저기에도 있네!"

그렇게 모르는 글자를 하나씩 채워 가더니, 어느 날 갑자기 더듬더듬 책을 읽기 시작했다.

책을 가슴에 품은 세 살짜리

그때부터 큰아들은 완전히 책벌레가 되었다.

내가 피아노를 가르치는 동안, 다른 아이들이 장난감을 만지는 시간에도 아이는 조용히 책을 읽었다.

학원에는 《소년중앙》, 《보물섬》, 《어깨동무》, 《소년동아》 같은 어린이 잡지가 많았는데, 그중 한 권이라도 손에 들면 세상이 조용해졌다.

문제는, 그 책이 아이 몸집만큼 컸다는 것.

길이만 30센티는 족히 되는 책을 두 팔로 꼭 끌어안고 다녔다.

가끔은 책이 땅에 끌리는데도 절대 내려놓지 않았다.

식당에서 생긴 일

어느 날 점심을 먹으러 갔을 때였다.

큰아이는 어김없이 커다란 책 한 권을 품고 있었다.

식당 주인이 신기한 듯 물었다.

"아니, 꼬마야. 그 무거운 책을 왜 들고 다니니?"

내가 웃으며 대답했다.

"책을 너무 좋아해서요. 내려놓질 않아요."

주인은 눈을 동그랗게 뜨며 말했다.

"정말로 이 꼬마가 그걸 읽어요?"

"네, 읽어요."

그랬더니 믿기 어렵다는 듯, 직접 읽는 걸 보고 싶다 하셨다.

아이는 아무렇지도 않게 책을 펴더니, 또박또박 읽어 내려갔다.

식당 안이 순식간에 술렁였다.

"세 살이 저걸 읽는다고요?"

"이건 영재 아니면 천재야!"

모두가 놀라며 칭찬을 퍼부었고, 나는 그저 민망하게 웃었다.

그때는 어린아이가 한글을 읽는 일이 드물었으니 그럴 만도 했다.

장난감 대신 책

우리 집엔 장난감이 거의 없었다.

다른 아이들 방엔 로봇이나 블록이 즐비했지만, 우리 집엔 책 종류가 더 많았다.

아들에게 책은 친구이자 놀잇감 이었다.

책을 읽으면 세상이 열리고, 그 속에서 상상으로 놀았다.

지금 돌아보면, 그 무거운 책을 품에 안고 다니던 작은 팔의 힘이 결국 세상을 품을 힘이 되지 않았을까 싶다.

엄마의 전력질주

큰아들은 태어날 때 4킬로그램이 넘는 우량아였다.

의사와 간호사들이 "축구선수가 태어났나 봐요~ 이렇게 힘찬 발차기를 하다니!"라며 웃었고, 그때 나는 세상 누구보다 안도했다.

하지만 그 건강함은 오래가지 않았다.

아이는 태어난 뒤로 병원 문턱을 수없이 드나들었다.

이유는 여러 가지였다.

그중 하나는 아이의 너무나도 순한 성격 때문이었다.

어지간히 아파도 보채지 않았고, 우리가 이상함을 눈치챘을 때면 이미 병이 깊어 약으로는 감당이 어려웠다.

그 순함이, 그 착함이, 오히려 아이를 더 아프게 했다.

또 하나의 이유는 나였다.

나는 낮에는 학원에서 아이들을 가르쳤고, 큰아들은 시어머님이나 파출부 아주머니께 맡겨야 했다.

아이가 보내는 미세한 신호들을 자주 놓쳤다.

퇴근 후에야 아이 얼굴빛이 이상하다는 걸 알아차리고, 신발을 벗을 새도 없이 응급실로 뛰어간 적이 한두 번이 아니었다.

너무 자주 달려갔던 탓일까.

어느 날 응급실의 레지던트가 웃으며 말했다.

"응급실 출입 상습범이시네요."

그 말은 농담이었지만, 그날 밤 나는 서러워서 잠을 이루지 못했다.

한번은 아이가 며칠째 대변을 보지 못해 변기 위에서 땀을 흘리고 있었다.

어른들은 "예전엔 다 저렇게 키웠다"며 참기름 한 숟가락을 먹이고 기다리자 했다.

하지만 퇴근해 돌아온 나는, 얼굴이 벌겋게 달아오른 아이를 보는 순간 본능처럼 아이를 들쳐 업고 응급실로 달려갔다.

그때의 나는 그저 아이가 불쌍해 눈물을 찔끔거리며 달리는 것밖에 할 수 없었다.

그게 엄마로서의 최선이자 전부였다.

열감기인 줄 알았다가 수두로 판명된 날, 코감기가 축농증으로, 또 중이염으로 번져 며칠 밤을 뜬눈으로 지새운 날들.

그 시절의 나는 늘 피곤했지만, 아이가 내쉬는 숨소리 하나에도 귀를 기울였다.

엄마란 결국, 지쳐도 포기하지 않는 사람이었다.

그러던 어느 금요일 저녁이었다.

퇴근 후 집에 들어서자 아이는 짜장면을 먹다 잠이 들었는지 양 볼에 까만 소스를 묻힌 채 장판 위에서 잠들어 있었다.

자는 얼굴이 유난히 붉고 뜨거웠다.

또다시 아이를 들쳐 업고, 이번에는 G대병원 응급실로 달려갔다.

의사는 간단히 문진한 뒤 아이를 데리고 안으로 들어갔다.

"꼬마야, 새우깡처럼 이렇게 꼬부릴 수 있겠니?"

잠시 후 안에서 들려온 건 아이의 울음소리였다.

"엄마아—!"

그 울음은 점점 커졌고, 결국 나는 참지 못하고 문을 열었다.

아이의 몸은 흰 천으로 둘둘 말려 있었고, 의사는 커다란 주삿바늘로 척수를 뽑으려 하고 있었다.

하지만 계속 실패했고, 아이의 등에 이미 수많은 주사 자국이 남아 있었다.

나는 울며 소리쳤다.

"그만하세요! 더 이상은 안 됩니다!"

그리고 아이를 품에 안고 병원을 뛰쳐나왔다.

다음 날, 다른 병원으로 옮기려 했지만 이상하게도 아이의 열은 서서히 내려갔다.

그날 이후로 그 증상은 다시 찾아오지 않았다.

그날의 병은 지금도 미스터리로 남아 있다.

　분명한 건, 오진이었다는 것, 그리고 실패한 검사로 인해 아이가 겪은 고통만 남았다는 사실이다.

　시간이 흘러 아이는 건강하게 자랐다.
　그러나 그날 응급실 복도에서 들렸던 "엄마아―!"라는 울음소리만은 아직도 내 가슴을 찢는다.
　그때의 나는, 그저 아이를 들쳐 업고 뛰는 것밖에 할 수 없었던 작은 엄마였다.
　지금 돌이켜 보면, 그 작은 엄마는 서툴렀지만 누구보다 용감했다.

혈액형 미스터리 사건

그날도 며칠 전부터 큰아이가 배탈 기운이 있어 걱정이 되었다.

그 시절엔 의약분업이 아니어서 약국에서 증상을 이야기하면 약을 지어 주곤 했다.

약도 먹이고, 시어머님께 부탁해 동네 소아과에도 다녀오고, 나름 미리미리 신경을 썼는데… 도무지 차도가 없었다.

결국 대학병원 응급실까지 가게 되었고, 그곳에서야 '이질'이라는 진단을 받고 입원 치료를 받게 되었다.

입원 중 어느 날, 담당 주치의가 무심히 한마디 했다.
"어머님, 아이는 A형이에요."

그 말을 듣는 순간, 내 머릿속에 커다란 물음표가 피어올랐다.
남편은 B형, 나는 O형.
그런데… 아이가 A형이라고요?

그럴 리가 없었다. 교과서적으로도 불가능했다.

순간, 머릿속에서는 조용히 '혈액형 미스터리' 드라마가 재생되기 시작했다.

혹시… 무슨 실수? 아니면… 설마?!

결국 궁금증을 참지 못하고 검사실로 달려갔다.

"부모가 B형, O형인데 아이가 A형일 수 있나요?"

임상병리사는 잠시 의아한 표정을 짓더니 물었다.

"그런데… 부모님 두 분 혈액형은 정확히 아시나요?"

"그럼요! 저는 O형, 남편은 B형이에요."

내 대답이 끝나자마자, 남편이 기다렸다는 듯 말했다.

"아니야, 난 B형 확실해! 오히려 당신이 A형인데 잘못 알고 있는 거 아니야?"

순식간에 검사실 한편에서 부부의 '혈액형 공방전'이 벌어졌다.

서로 "나는 확실하다"는 주장에 열이 오르자, 보다 못한 임상병리사가 중재에 나섰다.

"부부싸움 나시겠네요. 절차 생략하고 제가 바로 검사해 드릴게요."

그렇게 우리는 병원의 공식 절차도 제치고 '즉석 혈액형 테스트'라는 인생 첫 부부 합동 실험을 하게 되었다.

결과는... 짠—!

나는 O형, 그리고 남편은… A형.

잠깐의 정적 후, 웃음이 터졌다.

40년 동안 자신이 'B형'이라고 믿어 온 남편은 충격에 말을 잃었다.

검사실 직원이 미소를 지으며 말했다.

"앞으로는 본인 혈액형, 착각하지 마세요. 아버님 혈액형은 A형입니다."

그날 이후 남편은 피곤할 때마다 스스로를 위로한다.

"역시 난 A형이었어. 적당주의가 통하지 않는 매사 성실 근면한 니 생활 태도가 A형 바로 그 자체였거든."

결국 아픈 아이 덕에 가족의 혈액형 진실이 밝혀졌다.

응급실보다 더 긴박했던 검사실 해프닝은 지금 생각해도 웃음이 절로 난다.

중랑천 둑방의 스타

그때 우리 부부는 세상 물정을 너무 몰랐다.

단독주택을 팔고 '깨끗하고 새집'이라는 이유 하나로 N맨션이라는 빌라로 이사했다. 솔직히 관리비? 집값? 그런 건 눈에 들어오지도 않았다.

첫째 아이는 그곳에서 초등학교에 입학했다.

사립학교에 원서를 넣었지만… 구슬 뽑기에서 떨어졌다.

맞다, 그냥 운 나쁜 구슬 때문이었다.

덕분에 집 근처 공립학교에서 '동네 스타' 코스를 걷게 됐다.

큰아이는 학교 친구들과 또래 아이들과도 잘 어울리며 평범하지만 행복한 어린 시절을 보냈다.

학교생활 속 작은 성취와 우정은 아이에게 큰 힘이 되었다.

특히 우리 빌라 뒤편에 위치한 중랑천 둑방은 아이에게 최고의 놀이 터였다.

날이 더울 때면 잠자리와 매미를 잡고, 술래잡기와 전쟁놀이, 말타기 등으로 둑방 전체를 뛰어다녔다.

추운 날에는 손발이 시릴 정도로 눈싸움을 하고, 얼어붙은 중랑천 위에서 작은 돌멩이를 멀리 던지며 놀았다.

시어머니께서는 "아이가 노느라고 얼굴이 까맣게 그을렸다"며

경상도 사투리로 "아이가 둑방에서 노느라 얼굴이 인도쟁이같이 됐다" 하시며 걱정하셨지만, 나는 "괜찮아요, 저건 브론즈 피부! 건강의 증거!"라고 말씀드렸다.

둑방은 단순한 놀이터가 아니라, 작은 탐험대의 본부였다.

같은 빌라에는 또래 남녀 어린이들이 여러 명 살고 있었는데, 가끔

아이들은 인기투표를 하곤 했다. 언제나 우리 아이는 1등이었다.

운동신경이 발달한 덕분에 놀이에서 두각을 나타냈고, 씩씩하면서도 겸손한 성격 덕분에 친구들의 사랑을 받았다.

주변 친구들 중에는 뜻도 모르고 욕이나 비속어를 쓰는 아이도 있었지만, 우리 아이는 단 한 번도 따라 하지 않았다. 가정에서도 욕이나 나쁜 말을 쓰지 않았지만, 학교에서조차 바른 생활을 지키는 아이였다.

하루는 아래층에 사는 ○명이 엄마를 길에서 우연히 마주쳤다.

그녀는 소풍에서 있었던 이야기를 들려주었다.

학급 임원 어린이들이 이동 차량에서 좋아하는 친구 이름을 부르기 게임을 했는데, 대부분 아이들이 우리 아이 이름을 부르더라는 거였다.

그러자 이동 차량에 함께 탄 다른 아이 엄마들이 "최○재가 어디 사는 누구냐?"며 궁금해했다고 했다. 아래층에 사는 ○명이 엄마는 최○재가 중랑천 둑방 아래 빌라에 산다고 말해 줬노라고 말해 주었다.

이렇게 어린 시절부터 큰아이는 자연스럽게 친구들 사이에서 중심이 되는 아이로서 중랑천 둑방의 스타였다.

중랑천 둑방에서 뛰어놀며 자란 아이는, 실내화조차 황토색으로 더러워질 정도로 놀았다. 그 경험 덕분인지, 공부도 잘하고 성격도 좋으며 친구들에게 사랑받는 아이로 성장했다. 둑방에서의 자유와 모험은 아이의 성품을 형성하는 중요한 밑거름이 되었다.

어린 시절의 작은 터전과 소중한 추억이 아이의 성격과 성장에 얼마나 큰 영향을 주었는지 돌아보면 놀라울 따름이다.

둑방에서 뛰놀던 시절의 자유와 신나는 모험이 아이를 착하고 매력적인 사람으로 키워 냈다. 이 이야기는 그 시절을 함께한 부모와 아이의 성장 기록이자, 우리 가족의 소중한 기억이다.

바른생활 아들, 그리고 잃어버린 상장

큰아들이 고등학교 2학년이던 어느 월요일 아침이었다.

조회 시간에 교장선생님이 불렀다.

"최○재 학생, 바른청소년상 수상!"

이 상이 무려 K대학교 총장 명의로 수여되는 상이라나.

담임선생님은 내게 따로 전화를 주셨다.

"교직 20년 동안 이렇게 바른 학생은 처음이에요. 제가 하지 말라는 건 절대 안 하고, 학생으로서의 본분을 지키는 아이랍니다."

그래서 주저 없이 추천하셨다고 했다.

선생님이 내게 물으셨다.

"집에서도 그렇게 바르게 사나요?"

나는 웃으며 말했다.

"예, 집에서도 제가 한 번도 깨운 적이 없어요. 밥 안 먹겠다고 떼쓰지도 않고, 편식도 안 해요. 두발규정도 잘 지키고, 친구들과 문제 일으킨 적도 없어요."

정말 그랬다.

우리 두 아들은 어쩜 그리도 반듯했는지, 지각은커녕 결석 한 번 없었다.

피곤해도 책임을 다했고, 시험 기간엔 잠까지 줄이던 성실함이 있었다.

친구들이 PC방을 찾을 때, 큰아이는 탁구장이나 근처 산으로 향했다.

아침에 일어나 세수하고 밥 먹고 학교 가서 공부하고, 야간 자율학습 끝나면 독서실 들렀다가 또 공부.

"이게 사람이야, 공부 기계야?" 싶을 정도였다.

그런데 이제 와 생각해 보면, 주말마다 공부에서 벗어나 악기나 운동이라도 시켜 볼 걸 하는 아쉬움이 남는다.

그땐 그저 '공부 잘하는 아들'로 자라 주는 게 너무 고마워서, 아들의 청춘에 '햇살 같은 취미'가 들어갈 틈을 주지 못했다.

조금만 더 여유를 줬다면, 지금보다 더 넉넉한 웃음을 지었을지도 모르겠다.

큰아이가 초등학생이던 시절, 학교에 '명예교사 제도'가 있었다.

학교에서 특별수업을 부탁하면 내가 가곤 했는데, 아이는 늘 반장이었다.

스승의 날이면 어김없이 연락이 오고, 선생님들은 "공부도 잘하고, 모든 면에서 모범이에요" 하셨다.

엄마가 교단에 서 있어도 아들은 흐트러짐 하나 없었다.

바른 태도는 중학교까지 쭉 이어졌다.

한번은 담임선생님이 그러셨다.

"아침마다 ○재가 해 온 숙제를 베끼느라 줄 서는 애들이 참 많아요."

그런데도 우리 아들은 '오늘은 그냥 넘어가자' 한 적이 한 번도 없었다. 정직함이 몸에 밴 아이였다.

그때부터 이미 자기만의 원칙이 있었다.

나는 종종 물었다.

"혹시 너 괴롭히는 애는 없니?"

그러면 아이는 웃으며 말했다.

"엄마, 난 학교에서 제일 힘이 세서 아무도 못 건드려요."

그 말이 어찌나 기특하고 귀엽던지.

물론 그 '힘'이란 건 주먹이 아니었다.

스스로를 지킬 줄 아는 내면의 힘, 그리고 성실함에서 오는 자신감이었다. 그게 진짜 힘이었다.

아무도 함부로 넘볼 수 없는, 조용하지만 단단한 힘.

그런데 말이다.

그 귀한 '바른청소년상' 상장이 어디로 갔는지 아무리 찾아도 없다. 이사 다니면서 잃어버렸나 보다. 그래도 괜찮다.

그보다 더 값진 상이 지금 내 눈앞에 있으니까.

스스로 깨어나던 그 아침들, 한 번도 늦지 않던 발걸음, 묵묵히 공부하던 시간들 속에서 자라난 '진심'.

그게 바로 우리 아들의 상장이다.

이제는 '바른청소년상'보다 '바른아들상'을 내가 직접 만들어 수여하고 싶다. 세상 어디에도 없는 단 하나의 상.

상장은 잃어버렸지만, 그 마음만은 세월이 지나도 사라지지 않았다.

그 길의 끝에서, 오늘도 나는 그 아들을 바라보며 조용히 웃는다.

"그래, 참 잘 컸다. 공부보다 더 멋지게, 사람으로서 말이다."

수능, 그리고 아이의 선택

첫째 아이의 수능 성적이 나왔다. 최상위권이긴 했지만, 기대보다 조금 낮은 점수였다. 마음 한편에선 '이 정도면 충분하다'라고 생각했지만, 또 다른 한편에서는 '왜 조금 부족하지?'라는 아쉬움이 꼬리를 물었다.

대학마다 성적 산출 방식이 달랐고, 최상위권 학생들의 합격 가능성을 정확히 예측하는 일은 선생님조차 쉽지 않았다. 우리는 결국 각 입시정보기관에서 제공하는 대학별 커트라인 자료를 참고할 수밖에 없었다.

특히 의대를 지망하는 최상위권 학생들의 정보는 더욱 부족했다. 학교도, 학원도 충분한 상담을 제공하지 못했다. 특차 지원은 소신대로, 가, 나, 다군은 하향 지원을 선택했고, 결국 천안에 있는 D대 의대에 수석으로 합격했다.

그러나 기대가 컸던 탓일까. 지방대라는 이유로, 수석 합격이라는 기쁨보다 서울권 의대 불합격 소식이 더 크게 다가왔다.

　고3 시절, 모의고사에서 늘 전교 1등을 차지했던 아이였다.

　같은 수능 점수와 내신 성적을 가진 학생도, 성적 산출 방식에 따라 합격과 불합격이 달라지는 현실은 씁쓸했다.

　반면, 의대가 아닌 공대를 지망한 친구들은 점수가 비슷하거나 조금 낮음에도 S대에 합격하며 기쁨에 넘쳤다.

　집안 분위기도 활기찼고, 부모와 학생 모두 자신감으로 충만했다.

　점수만 놓고 보면 우리도 기뻐해야 했지만, 집안은 오히려 썰렁했고, 아이는 풀이 죽어 있었다.

　수석 합격으로 학교 기숙사는 제공되었지만, 아이는 기숙사 생활을 포기하고 집에서 전철로 통학하기로 했다.

　D대 의대는 문·이과 통합 선발이었기에, 합격생 중 문과 출신도 적지 않았다.

　이과 배경을 가진 첫째는 설렁설렁 공부해도 수업을 따라갈 수 있었지만, 점차 흥미가 저하되며 다른 대학을 탐색하는 모습이 보였다.

　그 시절, 의약분업 사태로 의대생들도 시위에 나서던 때였다.

　우리 아이도 물병을 들고 시위 현장에 나갔었다.

　청춘과 학업, 사회적 관심이 뒤섞인 시기였다.

　의예과 과정은 고등학교 때 이과를 선택한 학생에게 절대적으로 우리했다.

수업과 과제 대부분이 이과 과목 중심이었고, 입학 점수도 수석이었기에 우리 아이는 설렁설렁 학업을 이어 갔다. 하지만 점차 공부에 대한 흥미가 줄어들며, 마음은 다른 대학을 향해 흔들렸다.

부모로서의 기대와 지방 의대에 대한 아쉬움, 그리고 아이 스스로의 고민이 맞물리며, 아이는 한 학기만 다니고 휴학계를 내고 반수를 결심했다.

한 학기 동안 반수를 준비하면서도, 아이는 바쁘거나 초조한 기색이 없었다.

마치 입시생이 아닌 듯, 혹은 반수생이 아닌 듯 학원 생활을 이어 갔다.

나는 애간장이 타서 잔소리를 늘어놓았지만, 아이는 학원이나 독서실로 피했다.

반수 중인 어느 날, 아이가 자전거를 사 달라고 했다.

교통사고의 위험이 떠올라 처음엔 단호히 거절했다.

게다가 수능을 앞둔 상황이라 더더욱 허락할 수 없었다.

그러자 아이가 마주 앉아 말했다.

"내가 반수까지 하면서 주말에도 공부만 해야 하겠어요? 주말엔 자전거라도 타고 바람 좀 쐬고 싶어요."

그 말에 잠시 아무 말도 할 수 없었다.

아이의 마음이 충분히 이해됐지만, 끝내 자전거를 사 주지 않았다.

공부의 긴장감 속에서도 아이는 스스로의 한계를 알고 있었다.

이미 일정한 성적을 유지할 만큼은 노력했고, 그 이상은 '공부의 압박'보다는 '균형 잡힌 삶'을 선택한 것이다.

지금 돌이켜 보면, 그때 나는 너무 내 욕심에 매달려 있었다.

조금만 마음을 풀었다면, 그 작은 바람 하나쯤은 들어줄 수도 있었을 텐데.

그 일은 나에게 부모로서의 '적당한 거리'에 대해 오래 남는 생각을 남겼다.

반수 첫 해, 수능을 마치고 돌아온 날, 우리는 족발과 피자를 시켰다.

전년과 달리 마음이 편안했다. 아이에게서 자신감이 느껴졌기 때문이다. 만점을 기대했지만, 두 문제 정도 틀린 것으로 기억한다.

아이의 선택은 지방의 C대 의대 6년 장학금을 포기하고, 서울에 있는 H대 의대를 택한 것이었다.

그때는 우리가 젊었고, 6년 학비를 포기하는 것이 어렵지 않게 느껴졌다. 그러나 막상 의사가 되어 보니, 출신 학교의 의미가 생각보다 크지 않았음을 깨달았다.

돌이켜 보면, 아이가 지방 의대 장학금을 선택했더라도 충분히 훌륭한 의사로 성장했을 것이라는 생각이 든다.

그 선택이 가끔은 후회스럽기도 해서, 지금 다시 그런 기회가 온다면 나는 지방 의대라도 6년 장학금을 선택하도록 권유할 것이다

반수 생활에서 배운 것은 단순한 학업 능력이 아니다.

아이는 스스로의 길을 결정하고, 부모의 기대와 자신의 선택 사이에

서 균형을 찾아냈다.

　삶을 살아가는 태도, 자신을 믿는 힘, 그리고 부모와의 신뢰 이 모든 것이 선택의 무게보다 더 중요한 가치임을, 나는 그때 깨달았다.

진료실의 아들

기력이 떨어진 남편을 위해 병원을 찾았다.

환자를 진료하는 의사와 보호자로 마주한 자리였지만, 그 의사가 바로 우리 아들이라는 사실은 여전히 낯설고도 벅찬 감정으로 다가왔다.

집에서는 늘 무뚝뚝해 살갑지 않은 성격이라, 다정한 말 한마디 듣기 어려웠던 아들.

그런데 진료실 안에서의 그는 전혀 다른 사람이었다.

남편의 건강 상태를 하나하나 꼼꼼히 묻고 살피며, 기력 회복에 가장 좋은 영양 수액을 권하는 아들의 눈빛은 누구보다 따뜻했다.

환자로 앉아 있는 아버지를 대하는 태도 속에는 깊은 책임감과 진심이 묻어났다.

"엄마도 항산화 성분이 듬뿍 들어가게 처방할게요" 간단명료하게 말하고는 나에게도 수액을 처방해 주었다.

'엄마 많이 피곤하시죠, 이 수액을 맞으시면 한결 몸이 가벼워지실 거예요.' 말은 없었지만 아들이 나를 바라보는 눈빛에서 그 말이 담겨 있음을 대번에 느낄 수 있었다.

집에서는 단 한 번도 느껴보지 못했던 다정한 눈빛이었기에
더욱 큰 울림이 있었다.

아들은 의사의 흰 가운 대신 청회색의 수술복 차림으로 진료실의 외래 환자와 인공신장실을 오가며 바쁘게 환자를 대하고 있었다.

아들은 외래 환자 말고도 인공신장실에서 투석 환자를 치료하고 있다.

환자들이 주 3일 ,혹은 매일 투석을 받아야 했기에 아들의 일정은 늘 환자들의 시간표와 함께 움직여야 하므로 가족과 함께하는 여행조차 할 수 없다.

수액실 침대에 누워 편안히 수액을 맞으며 눈을 감고 있자니, 지난여름 다낭 여행 때도 아들 빼고 며느리와 손녀, 나와 남편만 갔었던 기억이 떠올랐다. 환자를 대하는 아들의 마음씨가 가족 같은 마음이 아니면 할 수 없는 일임에도 하는 아들이 존경스럽기도 하고, 엄마의 맘으론 안쓰러움도 크다.

진료실에서 마주한 아들을 보고 힘들지만 세상에 도움이 되는 일을 묵묵히 해내는 아들의 성숙한 모습을 보았다.

늘 무뚝뚝해서 정 없는 줄만 알았던 아들이 사실은 누구보다 따뜻한 마음을 품고 살아가고 있음을 새삼 깨닫게 된 것이다.

결혼해 분가한 지 오래라 함께 지내는 시간은 줄었지만, 당당하게 자기 자리를 지키는 모습을 확인하는 것만으로도 부모로서 더할 나위 없는 보람을 느낀다.

아들이 바쁘게 살아가면서도, 환자를 대할 때만큼은 온 마음을 다해 진료하는 모습을 보는 순간, 나는 이미 충분히 큰 선물을 받은 듯했다.

병원을 나서는 길, 그동안 무심하다 여겨 조금은 서운했던 마음 대신, 그런 아들을 두었다는 자부심이 내 안에 가득 차올랐다.

오늘의 진료는 단순한 영양 수액만 맞는 치료가 아니었다.

부모에게는 다시 한번, 내 아들이 얼마나 멋진 사람으로 성장했는지를 확인시켜 준 소중한 시간이기도 했다.

벌레도, 범죄자도,
며느리 앞에선 무릎 꿇는다

며느리를 처음 봤을 때 나는 속으로 이렇게 생각했다.

'아이고, 바람만 불어도 날아가겠네.'

외모부터가 그랬다.

여리여리하고, 말 한마디에도 눈물 한 방울 떨어질 것 같은 그런 여인.

그래서 나는 단단히 믿었다.

이 아이는 절대로 벌레 한 마리도 못 잡을 거라고.

그런데 웬걸 내 예상은 보기 좋게 빗나갔다.

며느리는 웬만한 벌레쯤은 휴지 한 장으로 "찰칵!" 거침없이 때려잡는다.

그 모습을 볼 때마다 나는 '저 용기 반만 나눠 줬으면 좋겠다'는 생각을 한다.

나는 벌레를 보면 비명을 지르는데, 우리 며느리는 태연하다 못해 카리스마가 철철 넘친다.

그도 그럴 것이, 며느리의 직업이 좀 남다르다.

죽은 사람 시체도 봐야 하고, 훼손된 시신도 마주해야 한다.

게다가 상대하는 이들이란 게 사기꾼, 도둑, 강력범 등 세상에서 제일 다루기 힘든 '범죄자'들이다.

그런데 그 여리여리한 몸으로 이 무시무시한 범죄자들을 법으로 단단히 혼내 준다. 며느리는 범죄자들 죄의 경중을 철저히 파악하는 능력 또한 탁월해서, 신문에 우수 법조인으로 이름이 난 걸 몇 번이나 봤는지 모른다.

그렇다고 성격이 거칠 줄 알았는데, 이건 또 완전히 내 착각이었다.

비단결 같은 마음씨에, 싹싹하고 상냥하기까지 하다.

지혜롭고 다정한 며느리를 둔 것은 우리 집안의 큰 복이다.

올여름, 그 복을 더 크게 느낀 일이 있었다.

며느리가 연수원 시절부터 모아온 마일리지로 비즈니스석 왕복 항공권을 어렵게 구해 시부모인 나와 남편 그리고 손녀를 해외여행에 데려가 준 것이다.

자기 남편인 큰아들은 일 때문에 함께 가지 못했다.

그런데도 며느리는 서운한 기색 하나 없이 손녀를 보살피고 시부모까지 세심하게 챙겨 주었다.

그 진심이 고맙고 또 고마워서, 평소 딸을 둔 친구들을 부러워하던 내가 그날만큼은 열 딸이 부럽지 않았다. 따뜻한 마음과 배려로 가족을 품어 주는 며느리가 있다는 사실이, 그 어떤 선물보다 값지게 느껴졌다.

손녀의 영특한 모습에서도 며느리의 정성과 지혜가 느껴진다.

물론 타고난 영특함도 있지만, 그걸 다듬고 빛나게 만든 건 며느리의 세심한 교육 덕분이다.

물론 완벽한 사람은 없다.

우리 며느리도 못하는 게 있다.

예를 들면, 청소는 도우미의 손을 빌리고, 대중교통보다는 택시를 애용하며, 반찬은 사 오거나 식당에서 해결한다.

내 세대 기준으로는 살짝 "응?" 할 수도 있다.

하지만 생각해 보면, 그게 어찌 흠이 되겠는가.

자신의 삶에 맞는 방식을 선택하는 것, 그 또한 하나의 지혜다.

그래서 나는 며느리의 방식을 존중하려 한다.

충고 대신 이해를, 간섭 대신 배려를 택한다.

그게 함께 행복하게 사는 길이니까.

우리 며느리는 인간에게 해를 끼치는 벌레는 맨손으로, 사회에 해를 끼치는 범죄자는 법으로 때려잡는다.

그런 지혜롭고 사랑스러운 며느리를 어찌 자랑하지 않을 수 있겠는가.

"며느리는 나보다 약해 보이지만, 세상 앞에서는 훨씬 강하다. 나는 그 강인함을 존경하고, 그 따뜻함에 매일 감사한다."

며느리의 마트 나물과 햇반 철학

지난봄 아들의 생일잔치에 초대를 받았다.

장소는 파주의 풀빌라. "아니, 생일잔치가 웬 풀빌라야?" 싶었지만, 늘 시간에 쫓기는 아들을 배려해 며느리가 정한 듯했다. 저녁 식사는 빌라 앞 갈빗집에서 푸짐하게 먹고 본격적인 생일잔치는 풀빌라에서 한다고 전해 들었다.

역시 요즘 세대다.

우리는 '생일잔치 = 집에서 미역국' 공식에 묶여 살았는데, 며느리는 '생일잔치 = 식당 식사 + 풀빌라 + 수영장'이라니….

잔치는 화려했다.

손녀는 아빠 얼굴을 그린 자화상을 들고 나타나더니, 직접 만든 케이크까지 내놓았다.

촛불을 켜고 노래를 부르고, 파티용 뿔피리를 "삐~ 삐리릭!" 불며 난

리가 났다. 이쯤 되니 내가 아는 '생일상'은 이미 우물 속 개구리가 된 기분이었다.

한바탕 노래 부르고 뿔피리도 삐리릭 불러 젖히고 촛불도 끄고 생일 케이크 커팅도 한 후 각자 준비해 온 선물을 주는 것으로 생일잔치의 제1막은 끝난 듯했다.

제2막은 수영장에서 놀기 시간이라며 수영장으로 가자고 한다.
남편과 나는 방에서 쉬기로 하고 아들, 며느리, 손녀는 수영장으로 갔다.

조용해진 방에서 내 머릿속은 다음 날 아침으로 향했다.
'우리 며느리가, 과연 내일 아침을 어떻게 차릴까….'
솔직히 말해 기대보다는 불안이 앞섰다.

그리고 아침. 드디어 그 순간이 찾아왔다.
식탁 위에 오른 건 김치콩나물국과 비빔밥.
그런데 자세히 보니… 김치콩나물국은 인스턴트, 나물은 마트 배송, 밥은 햇반! 순간 '반찬을 못해도 끼니 해결할 방법은 다 있구나.' 하는 생각이 머릿속에 번쩍 스쳤다.

'이것이 바로 21세기형 생존 요리구나!'

처음엔 살짝 충격이었다. 나는 평생을 두 팔 걷어붙이고 콩나물 다듬고, 쌀 씻고, 국물 우려내며 살아왔는데, 며느리는 버튼 하나에 모든 걸 해결했다.

며느리는 꽤 여유로워 보였다.
그런데 더 놀라운 건… 맛이 그럭저럭 괜찮았다는 사실이다.

그 순간 며느리가 새삼 지혜롭게 보였다.
'손 많이 들이는 게 꼭 정성은 아니다. 중요한 건 가족 모두 식탁에 앉아 함께 웃는 시간이다.'

나도 그날 결심했다.
앞으로는 필요할 때 과감히 햇반을 꺼내고, 인스턴트 국을 끓이고, 마트 나물을 사야겠다.
어쩌면 그게 진짜 지혜일지도 모른다.

결국 나는 풀 빌라에서 두 가지를 얻었다.
하나는 아들의 행복한 생일, 또 하나는 "마트 나물과 햇반 철학".
세상 살다 보면 밥보다 중요한 게 있으니, 밥은 가끔 햇반에게 맡겨도 괜찮다는 깨달음 말이다.

손녀 이야기

부산의 한 산부인과 대기실, 손녀는 태어나자마자 품격이 달랐다.

유리창 너머로 간호사 품에 안긴 아기가 잠시 얼굴을 내밀었다.
그 표정이 딱 이랬다. '제가 바로 최씨 가문의공주예요.'
그 순간, 나는 직감했다. '아, 저 아이는… 평범한 천사가 아니구나.'
물론 모든 아기들이 다 예쁘고 사랑스럽다지만, 손녀는 뭔가 달랐다.
그 작은 얼굴에서 묘하게 귀족의 향기가 났다.

백일이 되어 다시 본 손녀는 이미 세상과 대화 중이었다.
책 읽는 소리에도 귀를 쫑긋, 모빌이 움직이면 팔다리를 흔들흔들.
입에서는 "우웅, 아앙" 옹알거리며 나름대로 의견 개진 중이었다.
'이 아이는 평범하지 않다.'
'음악적 감각이 심상치 않다.'
리듬감이 좋은 아이가 수학을 잘할 가능성이 높다는 주장은 음악 교육이 수학적 사고력과 문제 해결력에 긍정적 영향을 줄 수 있다는 연구 결과와 일치한다.

〈나란히나란히〉 노래가 흘러나오자 손녀는 기저귀 찬 엉덩이를 씰룩이며 춤을 췄다.

〈그대로 멈춰라〉라는 동요에 맞출 때는 더 요란하게 팔, 다리, 머리까지 흔들며 기저귀 찬 엉덩이를 씰룩이고 춤을 추다가 "그대로 멈춰라"라는 가사에서는 정말 그대로 멈춰 섰다!

팔, 다리, 엉덩이 모두 정지!

이 절도감, 이 박자감—.

나는 그날 이후로 친구들에게 손녀의 춤 실력을 보여 주고 싶어 "여기 오만 원" 하고는 동영상을 보여 주며 말했다. 우리 친구들은 대부분 손주들이 있고 손주 자랑을 자주 하니 룰로 정했다. "손주 자랑 하려면 오만 원 내기."

"우리 손녀의 춤 실력은 마이클 잭슨이야! 박자감은 국보급이고."

하지만… 낯가림은 '세계 챔피언급'.

부산까지 한 달에 한 번 일주일씩 원정 육아를 다녔지만, 만날 때마다 손녀는 나를 처음 보는 사람처럼 울었다.

그 울음소리에는 이런 뜻이 담겨 있었다.

'이분은 누구시죠? 제 인생에 왜 끼어드시죠?'

그럴 때마다 내 마음은 철렁했다.

다음 달에 오면 익숙해질 거라 믿었는데, 다시 만나면 또 처음 본 사람 취급. 나의 존재감은 늘 '손님 수준'이었다.

아이는 어두워지면 어김없이 엄마를 찾았다.

며느리의 낡은 티셔츠를 목에 감고 꼭 껴안은 채 잠드는 그 모습.

그걸 볼 때마다 마음이 짠 하고 아팠다.

젊은 시절 내가 아이들 떼 놓고 학원으로 갈 때가 떠올랐다.

"아이고, 이 어린 것이 얼마나 엄마가 그리우면….."

그런 날은 어김없이 나의 눈물 버튼이 작동했다.

시간이 흘러 손녀는 초등학생이 되었다.

어느 날 며느리에게 전화가 왔다.

"어머니! 손녀가 수학 경시대회에서 동상을 탔어요!"

나는 전화를 끊고 나서 혼잣말을 했다.

어릴 적부터 리듬감, 박자감이 남다르더니 "애가 드디어 수학으로 세계를 정복하겠구나!"

그날 우리는 성대한(?) 축하 파티를 열었다.

장소는 손녀가 제일 좋아하는 갈빗집.

갈비로 배를 채운 뒤, 우리 집으로 와서 케이크에 불을 붙였다.

"손녀, 동상 축하해~!"

남편은 격려금이라며 봉투를 내밀었다.

손녀는 얼굴을 활짝 펴고 어른스럽게 감사의 인사를 했다.

시간은 참 빠르다.

하지만 내 눈에는 여전히 그때 그 아이, 리듬에 맞춰 엉덩이 씰룩이던 천사가 그대로 남아 있다.

3부. 작은아들의 이야기
─ 세상을 향한 젊은 날의 도전

"넘어져도 다시 일어나는, 그 이름 청춘"

무전 자전거 여행, 군 복무, 법학도의 길

작은아들은 언제나 도전으로 세상을 배워 왔다.

실패와 성장의 그 모든 순간은

결국 '스스로의 길'을 찾아가는 한 청춘의 자화상이다.

이사, 그리고 반장

노원으로 이사 오면서 우리는 전세로 살고 있었다.

A 2차 아파트에서의 생활은 조용하고 평범했다. 그런데 전세 만기가 다가오자, 집주인과의 계약 연장이 쉽지 않았다.

결국 이사 이야기가 슬슬 오가기 시작했다.

집 매매를 결정한 집주인이 매매하겠다는 소식을 알려 왔지만 시기는 아직 결정된 바 없었다.

시기가 정해지지 않았다는 말이었지만, 언젠가는 나가야 한다는 뜻이었다.

그 말을 듣는 순간부터 마음이 불안해졌다.

새로운 집을 알아봐야 했고, 아이들의 학교 문제도 신경 쓰였다.

그 무렵, 초등학교에서는 반장 선거가 열렸다.

우리 집 둘째는 저학년이었고, 세상에 호기심이 가득 찬, 그래서 해 보고 싶은 게 많은 어린이였다. 모든 게 신나고 새로웠다.

아이에게 반장 선거는 새로운 도전이었고 한번 도전하면 끈질긴 승부욕으로 해내고야 마는 둘째 아이였다.

반장 선거 이야기를 꺼냈을 때, 나는 잠시 망설였다.

언제 이사를 가게 될지 모르는 상황이었기 때문이다.

하지만 아이의 눈빛은 망설임이 없었다.

'해 보고 싶다'는 말에 담긴 기대와 설렘이 분명했다.

나는 조용히 고개를 끄덕였다.

"그래, 해 봐. 잘할 수 있을 거야."

그리고 정말로, 아이는 반장이 되었다.

작은 손에 '임명장'이라는 종이를 들고 집에 들어올 때의 그 눈빛은, 아직도 잊을 수 없을 만큼 반짝였다.

그로부터 석 달쯤 뒤, 우리는 결국 집주인이 집을 매도하게 되어 이사하게 되었다.

마음이 복잡했다. 새집 걱정, 짐 정리, 그리고 학교 문제까지 겹쳤다.

나는 담임선생님을 찾아가 이사 이야기를 조심스레 말씀드렸다.

선생님은 담담히 "알겠습니다"라고 하셨다.

나는 그걸로 끝인 줄 알았다.

그날 오후, 아이가 울먹이며 돌아왔다.

"선생님이… 이사 갈 거면 반장 하지 말지, 왜 반장을 했냐고 하셨어."

그 말을 듣는 순간, 가슴이 철렁 내려앉았다.

아이는 아무것도 몰랐다.

어른들의 전세 계약 기간도, 이사 시기조차도.

그저 선거가 재밌고, 반장이 되고 싶었고 친구들과 함께하고 싶었던 것뿐이었다.

그 순수한 마음이 어른의 말 한마디에 상처를 입은 것이다.

그런데 아이의 순수한 의지로 얻은 임명장이, 이사 한 번으로 '책임 회피'처럼 보이게 된 것이다.

나는 아이에게 말했다.

"너는 잘못한 게 아무것도 없어. 계약 연장 못한 건 엄마 잘못이지. 넌 정말 잘했어."

엄마가 미안해.

그날 밤, 아이의 임명장이 거실 탁자 위에 놓여 있었다.

전세 계약 연장이 되었으면 반장 기간을 학년 말까지 할 수 있었을 테고, 학년이 끝날 때까지 친구들 곁에 있을 수 있었을 것이다.

그리고 선생님의 그 말도 듣지 않았을 것이다.

시간이 지나고 나서야 그때의 마음이 조금은 정리되었다.

아이는 금세 새 학교에 적응했고, 또 다른 친구들을 만났다.

하지만 나는 여전히 그 봄날의 임명장을 잊지 못한다.

그 종이는 아이의 첫 도전이자, 부모로서의 내 부족함을 조용히 비춰 주는 거울이 되었다.

모래주머니 속의 꿈

작은아이는 운동회만 열리면 어김없이 팔뚝에 파란색 도장을 찍어
왔다.

거기에는 '1등'이라는 글자가 또렷하게 새겨져 있었다.

공책에도, 손등에도, 아이의 얼굴에도 '1등'의 환한 웃음이 번져 있었다.

체육 시간에는 선생님이 시범을 부탁할 정도로 무엇이든 금세 익혔다.

학교에서 있었던 일들을 들려줄 때면 아이의 목소리에는 자부심이 묻어났다.

"오늘은 선생님이 나보고 시범을 보이라 하셨어요."

말 속에는 어린 날의 자신감과 빛나는 가능성이 있었다.

100미터 달리기도 반에서뿐 아니라 학년 전체에서 가장 빠르다고 했다.

그건 분명 남편의 운동신경 능력을 물려받은 덕분이었다.

나는 운동이라면 젬병이었다.

달리기를 하면 늘 꼴찌를 면치 못했고, 운동이라 불리는 건 무엇이든 나와는 거리가 멀었다.

하지만 남편은 달랐다.

육상, 배구, 씨름 등 못하는 운동이 없었고, 한때는 경북 대표 선수로 활약했던 사람이었다.

그런데 남편은 종종 말했다.

"운동했던 걸 후회해. 다른 애들이 공부할 때 나는 운동장에만 있었거든."

그는 공부 부족으로 해군사관학교의 꿈을 이루지 못했다며 아이들만큼은 운동 대신 공부를 하게 하겠다고 다짐했다.

나 또한 운동선수라는 길에 마음이 열리지 않았다.

아이들이 땀 흘리며 운동장에 서 있는 모습보다는 책상 앞에서 웃으며 공부하는 모습을 그리며 살았다.

그러던 어느 날, 아이 방을 청소하다가 책상 밑에 숨겨진 주머니 두 개를 발견했다.

끈이 달려 있었고, 안에는 모래가 가득 들어 있었다.

"이게 뭐니?" 하고 묻자 아이는 아무렇지 않게 "친구들이랑 놀 때 써요"라고 답했다.

그 말이 어쩐지 어색하게 들렸지만, 굳이 캐묻지 않았다.

그런데 그때부터 아이는 평소보다 훨씬 일찍 학교에 갔다.

하교 후에는 늘 피곤해 보였고, 숙제를 하다가 졸기도 했다.

"요즘 왜 이렇게 일찍 학교 가니?"

"아침 자습하려고요."

그 말은 곧 변명이었다는 걸 나는 한참 뒤에야 알게 되었다.

어느 날, 나는 더 이상 참지 못하고 아이를 다그쳤다.

그제야 아이는 고개를 숙인 채 조심스럽게 입을 열었다.

"학교에서 야구부에 뽑혔어요. 아침에는 모래주머니를 달고 뛰어요. 방과 후에도 남아서 훈련하고요."

그 말에 나는 한동안 아무 말도 할 수 없었다.

놀라움보다 앞선 건 두려움이었다.

'또다시 운동으로 인생을 걸게 되는 건 아닐까.' 남편이 했던 후회의 말이 떠올랐다.

결국 나는 단호하게 말했다.

"안 돼. 운동은 절대 안 돼."

그리고 아이의 모래주머니를 내 손으로 버려 버렸다.

아이는 아무 말 없이 나를 바라봤다.

그 눈 속엔 미련과 아쉬움, 그리고 꺼지지 않는 불빛 같은 것이 있었다.

하지만 끝내 아무 말도 하지 않았다.

그날 이후, 아이의 책상 밑에는 더 이상 모래주머니가 없었다.

세월이 흘러, 이제 작은아이는 사회인이 되었다.

평범한 직장인이지만, 여전히 야구를 사랑한다.

야구 시즌이면 유니폼을 챙겨 입고 경기장을 찾아 응원한다.

TV 중계가 시작되면 누구보다 진지한 얼굴로 경기를 본다.

그 모습을 볼 때마다 문득 가슴 한구석이 저릿하다.

그때 내가 조금만 덜 두려워했더라면, 그 모래주머니를 버리지 않았더라면, 지금쯤 아이는 멋진 선수로 그라운드를 누비고 있었을까.

그런 생각이 스치고 나면, 모래주머니 속에 담겼던 그 작은 꿈이 지금도 내 마음 한편에서 조용히 바스락거린다.

“그때 작은아이의 다리에 매달려 있던 건 단순한 모래가 아니었다.
세상 누구보다 단단하고 뜨거운, 한 소년의 꿈이었다.”

졸업식 앞두고 반성문

뜻밖의 전화

둘째 아이의 중학교 졸업식을 며칠 앞둔 2월의 어느 날이었다.

담임선생님께서 학교로 잠깐 나와 달라는 전화를 주셨다.

급히 학교로 향한 나는 교무실에서 담임선생님을 만났다.

"국어 시간에 자습을 시켰는데, 몇몇 아이들이 공원에 가서 눈놀이를 했답니다. 그중에 ○규도 있었어요."

담임선생님은 조심스레 말씀을 꺼내셨다.

국어 담당 선생님이 크게 화를 내시며 아이들을 혼내고, 출석부에 '무단결과'로 처리했다는 것이다.

그리고 둘째가 담당 선생님께 찾아가 "출석으로 바꿔 달라"고 말씀드렸지만, 그 대신 졸업식 날까지 매일 반성문을 써 내라는 조건이 붙었다고 했다.

아이의 항변

집으로 돌아와 아이에게 자초지종을 물었다.

아이는 억울하다는 표정으로 당시 상황을 차근차근 설명했다.

"엄마, 그날 국어 시간에 선생님이 출석부만 두고 교무실로 가셨어요. 비디오 보거나 놀라고 하셨는데, 난 비디오 보는 게 싫어서 친구 몇 명이랑 운동장에 나갔어요. 놀다 보니 눈이 많이 쌓인 공원 쪽으로 살짝 넘어간 거예요. 운동장이랑 공원이 붙어 있어서 경계도 애매하잖아요."

아이는 국어 선생님께 그 사정을 설명하고 용서를 빌었지만, 선생님은 "수업시간 무단이탈"이라며 단호히 결과 처리를 하셨다고 했다.

"다른 애들은 교실에서 놀고 있었는데, 나만 공원 갔다고 무단결과는 너무하잖아."

아이는 억울함을 참지 못했다.

담임의 조언과 부모의 설득

담임선생님은 "3년 개근이 쉬운 일이 아닌데, 반성문을 쓰고 상을 받는 게 어떻겠냐"고 하셨다.

나도 같은 마음이었다.

개근상은 단순한 '출석상'이 아니라 성실함의 증표이자, 한 시절의 자부심이었다.

"조금 억울해도, 이번엔 그냥 반성문을 써 보자. 진심이 담기지 않아도, 노력의 결과로 개근상을 받는 게 더 큰 의미가 있을 거야."

하지만 아이는 단호했다.

"공원에서 논 건 잘못했지만, 그걸로 졸업식까지 매일 반성문을 쓰는 건 너무 과해요.

진심 없는 반성문은 쓰고 싶지 않아요."

타협 없는 아이

어릴 때부터 이 아이는 스스로 옳다고 믿는 일에는 결코 물러서지 않았다.

불이익이 따르더라도, 본인이 납득하지 못하는 일엔 고개를 숙이지 않았다.

결국 둘째는 끝까지 반성문을 쓰지 않았고, 중학교 3년 동안 한 번도 결석하지 않았음에도 개근상은 받지 못했다.

졸업식 날, 나는 상을 받지 못한 아이를 위로했다.

"개근상은 못 받았지만, 너는 네 신념을 지킨 거야. 그것도 값진 일이야."

성장의 증거

세월이 흘러, 그 고집 많던 중학생은 어느덧 청년이 되었다.

이제는 억울한 일에도 때로는 타협할 줄 알고, 상대의 입장도 헤아릴 줄 아는 넓은 마음을 배웠다.

그리고 고등학교를 졸업하던 날―, 아이의 손에는 개근상장이 들려 있었다.

나는 웃으며 생각했다.

그때 그 반성문은 결국 '성장의 첫 장'이었는지도 모른다고.

자식의 성장에는 두 가지 길이 있다.

세상의 규칙을 배워 가는 길과, 자기 신념을 지켜 내는 길.

그 둘이 충돌할 때마다 아이는 조금씩 어른이 되어 간다.

그날의 '반성문 사건'은 우리 가족에게 그 사실을 가르쳐 준 소중한 기억이다.

이겨야 직성이 풀리는 아들

태생부터 경쟁 모드

작은아이는 태어나면서부터 뭔가 달랐다.

첫돌 때 공책을 제일 먼저 집어 들길래 "어머, 학자 나오겠네~" 하고 좋아했는데, 그게 아니었다.

책보다는 경쟁에 관심 많은 경쟁 학자형(?)이었다.

무엇이든 남보다 먼저, 남보다 잘해야 직성이 풀렸다.

심지어 놀이터 미끄럼틀에서도 "형보다 빨리 내려가기" 경쟁을 했다.

지면 울고불고, 이겨도 또 한 판 하자고… 결국 지쳐서 도망가는 건 형이었다.

게임기로 시작된 형제 전쟁

큰애가 초등학교 4학년쯤 되었을 때 집에 게임기가 들어왔다.

그날 이후, 우리 집 거실은 작은 전쟁터가 되었다.

당연히 형이 이겼다.

그런데 문제는 그다음이었다.

둘째는 이길 때까지 게임기를 놓지 않았다.

밤이 되어도, 밥 시간이 되어도, 심지어 형이 졸릴 때까지….

형은 결국 조이스틱을 던지며 말했다.

"야, 너 이겨! 됐지?!"

그제야 둘째는 활짝 웃으며 "내가 이겼다!"를 외쳤다.

눈물의 성적표

사춘기가 되자 그 승부욕이 시험지 위로 옮겨 갔다.

시험 결과가 기대만큼 안 나오면 방에서 통곡 소리가 났다.

"엄마~ 나 왜 이래!"

그러면 형은 태연하게 말했다.

"다음에 잘하면 되지, 뭘 그래."

그 말을 듣고 있던 나는 속으로 생각했다.

"큰애 너는 속 편해서 좋겠다…."

둘째는 꾸준한 타입이 아니었다.

평소에는 딴 데 한눈팔기 바빴다.

그러다 시험 일주일 전부터는 돌변!

'밤샘 모드 ON'

책상 위에 에너지음료 두 캔, 초콜릿 한 줌, 그리고 불타는 눈빛.

반에서 2등, 그리고 '우~ 우~ 사건'

어느 날, 둘째가 중간고사 시험에서 2등을 했다고 했다.

기특해서 칭찬하려는데, 얼굴이 미묘했다.

"근데 친구들이 내 이름 부를 때만 우~하더라고."

담임선생님이 5등까지 이름을 불러 주셨는데, "2등 아무게!" ㅎ자 친구들이 "우~ 우~!" 하고 웅성거렸단다.

평소 공부 안 하던 녀석이 갑자기 2등이라니, 아이들 입장에선 뉴스 거리였을 테다.

그날 이후, 둘째의 오기가 다시 폭발했다.

'다음엔 코멘트 불가 성적표로 만들어 주마!'

결국 다음 시험에서 한 과목 빼고 전부 만점.

그날 저녁, 가족은 중화요리집에서 축하 외식을 했다.

짜장면 한 입 먹던 둘째가 말했다.

"역시 사람은 공부할 땐 공부하고 놀 땐 놀면서 사는 거야."

나는 젓가락을 멈추고 속으로 말했다.

"얘는 평생 벼락만 칠 기세구나…."

벼락치기였지만 반짝반짝 빛났다

그 후로도 둘째는 늘 그랬다.

평소엔 한가롭게 놀다가도, 시험만 다가오면 '공부광 모드'로 전환.

형은 꾸준형, 동생은 벼락형.

둘 다 각자 스타일대로 컸다.

그 승부욕 때문에 스스로를 괴롭히기도 했지만, 결국 그 오기가 아이를 끌어올렸다.

지기 싫은 마음이 포기하지 않는 힘으로 바뀐 것이다.

그게 바로 우리 둘째 아이만의 성장 방식이었다.

둘째를 키우며 나는 알았다.

승부욕이란, 단순히 남을 이기려는 게 아니라 '어제의 나를 이기려는 본능'이라는 걸.

물론 그 본능이 집안을 시끄럽게 만들 때도 많았지만 그래도 그 덕분에 우리 가족은 늘 웃음이 끊이지 않았다.

이제는 다 커서 자기 길을 가는 두 아들을 보면, 그 시절의 울음소리도, 중화요리의 짜장면도, 모두 따뜻한 추억으로 남았다.

세상에, 이런 아들 키워 본 사람만 안다.

이겨야 직성이 풀리는 아이를 키우는 건 엄마의 인내심과 체력 테스트라는 걸.

그래도 참 고맙다.

그 '이기려는 마음'이 결국 삶을 지탱하는 힘이 되었으니까.

반짝이는 눈동자의 둘째 아이

태어날 때부터 특별한 눈빛

둘째 아들은 태어날 때부터 까맣고 반짝이는 눈동자를 가진 아이였다.

갓난아이의 작은 눈을 처음 마주했을 때, 나는 오래도록 눈을 뗄 수 없었다.

그 눈 속에는 호기심과 장난기, 그리고 말로 다 표현할 수 없는 생기가 담겨 있었다.

예방주사를 맞으러 병원에 갈 때면, 나는 어쩐지 자랑하고 싶은 마음이 들어 팔을 길게 뻗어 아기를 남들의 시선에 보이게 안고 다녔다.

'보세요, 우리 아들 좀 봐 주세요.'

말은 하지 않아도, 아기였던 아들의 눈빛이 모든 걸 말해 주는 것 같았다.

유치원 시절 사진을 보면, 그는 또래들 사이에서 단연 눈에 띄었다.

하얀 얼굴 사이에서 까만 눈이 반짝이며 웃고 있는 모습은 부모의
마음을 늘 흐뭇하게 만들었다.

세월의 흔적

세월이 흐르며 아이는 성장했고, 이제는 사회인이 되었다.

하지만 얼굴에는 여드름이 생기고, 통통해진 몸매 때문에 예전의 귀
여움은 사라졌다.

그래서 남편과 나는 종종 농담 섞인 말을 던진다.

"도대체 언제부터 이렇게 망가졌냐?"

"그 예쁘던 얼굴은 어디 갔니, 추남아."

아들은 머쓱한 웃음을 지으며 고개를 돌리지만, 내 마음속엔 여전히
그때 그 반짝이던 눈동자의 아이가 남아 있다.

시간은 흘렀지만, 부모에게는 아이의 모습이 늘 마음속에 새겨져 있
는 법이다.

사람을 즐겁게 하는 아이

둘째 아들은 어릴 때부터 사회성이 뛰어난 아이였다.

남녀를 가리지 않고 친구가 많았고, 학창 시절에는 '여자사람친구'도

많았다.

그의 밝은 웃음과 재치 있는 말투는 주변 사람들을 즐겁게 만들었다.

어느 날 저녁, 집 근처 식당에서 식사를 하던 중 일어난 일이 있다.

대각선 맞은편 테이블에 앉아 있던 한 여학생과 부모님이 우리에게 먼저 인사를 건넸다. 그 여학생은 아들과 같은 반 친구였다.

"○규 부모님이시죠? 우리 딸에게 얘기 많이 들었어요."

아들과 나는 순간 어리둥절했지만, 그 일을 계기로 우리는 아들을 "식당에서 상견례 시키지 말고 미리 알려 달라"고 놀려 주곤 했다.

그때 아들의 얼굴은 새빨개졌지만, 우리는 그 모습조차 사랑스러웠다.

학창 시절의 인기스타

중학교 시절, 아들은 학생들뿐 아니라 선생님들 사이에서도 '귀여운 학생'으로 알려졌다.

내가 학교 교무실에 들를 때면, 담임이 아닌 선생님들도 먼저 다가와 "혹시 ○규 어머님이세요? 아이가 참 사랑스럽네요" 하고 말을 걸곤 했다.

밸런타인데이가 되면, 그의 책상 위는 초콜릿으로 가득했다.

같은 반 여학생들의 선물이 한가득 쌓였다고 한다.

초콜릿을 받지 못한 친구들에게 미안했지만, 그 많은 초콜릿을 나눠 줄 수도 없는 난처한 상황이었다.

결국 수업마다 선생님들이 몇 개씩 가져가셨고, 그 과정에서 아들은 더욱 특별한 존재로 자리 잡았다.

그는 언제나 사람들을 즐겁게 하고, 남녀 구분 없이 친절했다.

유머 감각과 재치 있는 말투 덕분에, 친구들과 선생님들 사이에서 항상 사랑받는 아이였다.

부모의 마음속 아이

세월이 흘러 예전의 앳된 얼굴은 사라졌지만, 내 마음속의 둘째 아들은 여전히 그 까맣고 반짝이는 눈동자를 가진 아이로 남아 있다.

아이의 웃음, 장난, 그리고 순수했던 순간들은 언제나 부모의 기억 속에서 생생하게 살아 숨 쉰다.

세월이 아무리 흐르고, 얼굴이 변하고 몸이 커져도, 부모에게 아이는 늘 그때의 눈빛과 웃음을 가진 채로 마음속에서 반짝이고 있다.

스무 살, 무전 자전거 여행기

출발

우리 나이 스무 살, 세상에 뭐든 해 볼 수 있을 것만 같은 나이에 둘째 녀석이 친구 한 명과 강화도로 무전 자전거 여행을 다녀오겠다고 했다.

비용은 '제로', 이동 수단은 '자전거', 짐은 '빈 배낭 하나'.

딱 세 마디로 요약되는 여행 계획을 들은 나는 잠시 말을 잃었다가, 이내 "그래, 젊을 때 그런 무모함도 약이다" 하고 고개를 끄덕였다. (물론 마음속에서는 "보험은 들었나…" 하는 걱정이 맴돌았다.)

출발 당일, 녀석은 마치 세상을 정복하러 가는 장군처럼 "3일 뒤에 봐요!"를 외치며 자전거 페달을 밟았다.

하지만 단 하루 만에 세상은 녀석의 패기를 '배고픔'으로 바꿔 놓았다.

오르막과 내리막, 그리고 약수터

자전거로 포천을 지나 강화도까지 가는 길, 오르막에서는 땀으로 샤워를 하고, 내리막에서는 생명의 위협을 느꼈다고 한다.

결국 대부분 구간은 자전거를 '타기'보다 '끌기' 모드로 이동했다.

물은 약수터에서 해결하려 했지만, '수질검사 불합격' 팻말이 달린 곳이 수두룩했다. (그 순간, "수돗물 만세!"를 외쳤다고 한다.)

라면 한 그릇의 교훈

끼니는 더 큰 문제였다.

식당마다 문전박대에 "무전여행입니다!"라는 말은 통할 리 없었다.

그러던 중, 어느 식당 아주머니가 "저기 쌓인 짐 좀 창고로 옮겨 봐."라고 하셨다.

짐의 크기는 거의 작은 언덕 수준.

"혼자 다 옮기는 건 무리 아닐까?" 싶었지만, 라면 한 그릇의 유혹 앞에서 인간은 강해진다.

결국 혼자 땀으로 샤워를 세 번 치르고, 드디어 '보상의 라면'을 받아 들었을 때 그 향이 세상 어느 고급 요리보다 황홀했다고 한다. (라면 스프 한 알갱이에 '삶의 교훈'이 들어 있었다나 뭐라나.)

외로움과 현실

같이 떠났던 친구는 초반에 포기하고 집으로 돌아갔다.

그래서 이후 여정은 진짜 혼자의 여행이 되었다.

낯선 길 위에서 외로움과 배고픔, 그리고 '현실'이라는 단어와 처음 마주했다.

강화도에서의 작은 행복

강화도에 도착했을 때, 맑은 물 한 모금이 얼마나 고마웠는지!
그 순간, 강화군청에 대한 감사 인사가 절로 흘러나왔다고 한다.
"물… 공짜로 주셔서 감사합니다…!"

귀환과 성장

결국 집으로 돌아오는 길은 자전거 대신 시외버스를 탔다. '너라도
무사히 가렴…' 하는 심정으로, 자전거는 택배로 집에 부쳤다.
도봉산역 픽업 차에 오르던 녀석은 단 하루 만에 '집 나간 지 3개월
된 사람' 같은 모습이었다.
까칠한 얼굴, 해진 옷, 무한 피로감… 하지만 그 얼굴에는 묘하게도
'성장의 흔적'이 비쳤다.
이번 여행은 철저한 계획도, 돈도, 경험도 없었지만 그 대신 세상은
결코 공짜가 아니라는 사실과, 작은 친절이 얼마나 큰 힘이 되는지를
배운 시간이었다.
"세상살이 그렇게 녹록지 않지. 하지만 다음에는 미리 계획도 세우
고, 아름답고 따뜻한 사람들도 만나는 여행으로 다시 떠나자."

도봉산역에서 거울을 보던 녀석은 중얼거렸다.

“아… 나 지금 약간… 집 나갔다 돌아온 철수 느낌이야.”
그래, 인생 첫 무전여행, 그 정도면 충분히 대성공이다!

졸병 둘째의 면회실

둘째 아들은 대한민국의 젊은 남자로서 누구나 마주해야 하는 군대 문제 앞에서 깊이 고민했다.

군 복무를 육군이 아닌 의무경찰(의경)으로 선택했다.

제대 후 복학 시기가 맞지 않아 공백이 생길까 걱정이 컸던 둘째는, 본인이 원하는 시기에 맞춰 입대할 수 있는 의경 시험에 응시했고, 결국 합격 소식을 전해 왔다.

그러나 나는 그때 몰랐다.

아이가 선택한 길이 그저 '편할 것 같아서'가 아니라, 스스로를 단련하고 계획적으로 인생을 이어 가기 위한 결심이었다는 것을.

아들이 훈련소를 마치고 자대배치를 받았다는 소식을 듣고, 나는 몇 벌의 옷을 챙겨 면회를 갔다.

면회 대기실에서 아이를 기다리는데, 멀리서 고참으로 보이는 한 사람이 앞서 걸어오고, 그 뒤로 아들이 따라오고 있었다.

그런데 아들의 표정이… 평소 내가 알던 표정이 아니었다.
"○규야!"
나는 반가운 마음으로 손을 흔들었지만, 아이는 나를 보지 않았다.
시선은 오직 앞에 선 고참의 뒷머리에 고정된 채, 굳은 표정으로 걸어오고 있었다.

고참이 돌아가자마자 아이는 다급하게 말했다.
"엄마… 물 좀… 물 좀 주세요…."
"물? 왜? 물도 못 마셨어?"
나는 순간 귀를 의심했다.
아이는 힘겹게 설명했다.

신입 의경이 자대에 배치되면 일정 기간 고참들로부터 일종의 '교육'을 받는데, 그중에 '가스'라는 것이 있다고 했다.
"물까쓰"라 하면 해제될 때까지 물을 마시면 안 되고, "화장실까쓰"라 하면 화장실도 갈 수 없다는 것이었다.

나는 그 말을 들으며 도저히 이해할 수가 없었다.
사회에서라면 상식적으로 불가능한 일.

하지만 그곳에서는 가능했다.

아이는 목이 마르면 샤워할 때 물을 받아 마셨다고 했다.

나는 급히 우동과 물 한 병을 시켰다.

물은 벌컥벌컥 마시면서도, 우동은 손도 대지 못한 채 아이는 안절부절못했다.

"고참들이 너무 무서워… 잠도 못 자게 해… 자다 깨워서 외우라고 하고, 못 외우면 때리고… 코 골면 또 때리고….."

평소 나를 걱정시키지 않으려 하던 속 깊은 아이였다.

그런 아이가 이런 말을 꺼냈다는 건, 이미 참을 수 없는 상황까지 왔다는 뜻이었다.

그날 면회 시간은 유독 빠르게 흘러갔다.

아이는 남은 시간조차 다 쓰지 못하고 "엄마, 저 이제 들어가야 돼요"라며 자리에서 일어섰다.

나는 그 순간, 아픈 아이를 당장 데리고 나와 약도 먹이고, 푹 쉬게 해 주고 싶었다.

하지만 군 복무 중인 아이를 마음대로 집에 데려갈 수는 없었다.

그렇게 아이의 뒷모습을 바라보며, 가슴이 찢어질 듯한 심정으로 발길을 돌렸다.

집으로 돌아오는 길이 어떻게 지나갔는지 지금도 기억이 나지 않는다.

그때 나는 생각했다.
"왜 우리 아들만 이런 고통을 겪어야 하지?"
하지만 시간이 지나 돌이켜 보니 그건 내 착각이었다.
그곳의 모든 신입 의경이 겪는 통과의례였고, 나는 그저 그 현실을 알지 못했을 뿐이었다.

그리고 이제야 깨닫는다.
어떤 경험도 인생의 밑거름이 되지 않는 것은 없다는 것을.
강인한 정신과 의젓한 모습으로 전역한 아들을 보며 나는 비로소 알았다.

20대 혈기 왕성한 젊은 시절, 의경 생활은 때로 억울하고 때로는 쓰러질 만큼 힘든 시간이었겠지만, 그 모든 시간을 견디고 이겨 낸 그 경험이 인내심을 길러 주는 소중한 자산이 되었으리라.

그날의 면회실에서 본 굳은 얼굴의 아들.
그 얼굴을 떠올리며 나는 오늘도 아이의 성장과 강인함을 마음 깊이 되새긴다.

어른이 되어 가는 아들

돌아온 아들

어느덧 둘째 아이가 2년의 의경 생활을 마치고 제대했다.

안 돌아갈 것 같던 기동대의 시계도 결국은 다시 움직였나 보다.

군 복무 기간이 조금 단축되어 복학까지 약 네 달의 시간이 남았다.

그 기간 동안 아들은 아르바이트를 해서 등록금을 마련하겠다고 했다.

"대학 학비는 엄마가 대 줄게."

그 말에 아들은 잠시 웃더니 이렇게 말했다.

"군대도 다녀왔는데, 아직도 엄마 주머니를 털면 안 되죠."

제법 어른스러운 대답이었다.

그 말을 듣는 순간, 마음 한편이 뭉클해졌다.

첫 사회, 첫 땀방울

제대한 지 나흘째 되던 날, 아르바이트 자리를 구했다는 소식을 전해 왔다.

무슨 일을 하느냐 물으니, "이것저것 해요. PC방 카운터도 보고, 손님 자리 안내도 하고, 정리도 좀 하고요. 힘든 일은 별로 없어요. 걱정 마세요."

그렇게 말하곤 아침 일찍 나가서 저녁 늦게, 때로는 밤중에야 돌아왔다.

힘들지 않다며 웃었지만, 집에 들어설 때의 표정을 보면 피곤이 얼굴에 그대로 묻어 있었다.

어느 날은 유난히 축 늘어져 있기에 무슨 일이 있었냐 물었더니, 공연 무대 설치를 돕느라 무거운 장비를 많이 옮겼단다.

"시급이 높다고 해서 했는데… 좀 많이 힘들었어요."

그렇게 말하며 머쓱하게 웃었다.

또 하루는, 아르바이트에서 돌아온 아이의 청바지가 마치 눈을 뿌려 놓은 듯 하얗게 얼룩져 있었다.

무슨 일이냐 물으니, "화장실 청소하다가 락스가 튀었어요"라며 아무렇지 않게 말했다.

그 모습을 보니 기특함보다 안쓰러움이 먼저 밀려왔다.

"이제 알바 그만하고, 집에서 쉬어. 복학 준비나 해."

나는 결국 그렇게 말했다.

“대학 졸업할 때까지 학비랑 용돈은 걱정하지 말고.”

세상을 배우는 시간

하지만 아들은 단호했다.

“돈을 벌기 위해서만 일하는 게 아니에요. 세상을 조금 더 경험하고 싶어요. 요즘 돈 버는 게 얼마나 힘든지도 직접 느껴 보고 싶고요.”

되려 나를 가르치려는 듯한 말투였다.

“이런 경험들이 나중에 어떤 선택을 할 때 도움이 될 수도 있잖아요. 복학 전까지 허송세월하지 않고, 이 시간을 소중하게 쓰고 싶어요.”

그 말에 더는 아무 말도 할 수 없었다.

그저 묵묵히 지켜볼 뿐이었다.

어른으로 자라는 계절

결국 그 4개월 동안 아이는 여러 아르바이트를 전전하며 등록금의 일부를 마련했고, 나와 남편에게는 용돈까지 쥐어 주었다.

그리고 남은 돈으로는 여행을 다녀왔다.

돌이켜 보면, 그 시절의 아들은 세상에 첫발을 내딛는 청년의 눈빛을 하고 있었다.

힘들어도 주저앉지 않고, 자신의 길을 스스로 만들어 가려는 그 모습이 참으로 대견하면서도 마음 한구석이 찡했다.

고슴도치 엄마의 믿음

고슴도치 엄마의 눈에는 그저 생각이 곧고 바른 우리 아들이 분명히 성공각, 거목감이었다.

그 시절의 땀방울과 굳은살, 그리고 자기 힘으로 세상을 배우려는 그 마음이 이미 그를 '어른'으로 만들고 있었다.

자식을 키운다는 건, 결국 언젠가 그들이 스스로 설 수 있도록 뒤에서 조용히 등을 밀어주는 일인지도 모른다.

그 봄, 나는 아들을 다시 품에 넣은 것이 아니라 세상으로 떠나보냈다.

그리고 이제, 그가 만들어 갈 인생의 계절들을 조용히 응원할 뿐이다.

법학도의 길

둘째 아이가 M대학교와 K대학교 법학과에 동시에 합격했다.

서울 안의 많은 대학들이 이미 법학전문대학원 체제로 전환된 상황에서, 학부 법학과를 유지하는 두 학교의 평가는 비슷했다.

"도토리 키 재기라면, 차라리 가까운 곳으로 가는 게 낫지 않겠니?"

주변 사람들의 조언에 우리 부부와 아이는 고개를 끄덕였다. 통학 시간을 줄이고 공부에 더 집중하자는 현실적인 선택이었다.

아이의 선택은 K대학교 법학과였다.

"열심히 하면 안 되는 게 어디 있어요. 로스쿨 꼭 갈 거예요."

입학 후 아이는 하루하루를 성실하게 보냈다. 아침 일찍 등교하고, 강의가 없는 시간에는 도서관에서 공부했다. 리포트와 발표 과제가 생기면 사람을 찾아 묻고 자료를 모아 정리했다.

집으로 돌아오면 "오늘은 교수님을 뵈었어요", "도서관에서 판례집을 좀 더 찾아봤어요"라며 하루의 단면을 들려주곤 했다. 시험 기간에는 "로스쿨의 기본은 성적이에요"라며 늦은 밤까지 도서관에 틀어박히기도 했다.

이러한 성실함은 결실을 맺었다. 성적 장학금을 받기도 했고, 방학 동안에는 토익 공부를 위해 학원에도 다녔다.

"토익 점수 따면 바로 리트 준비 들어갈 거예요."

아이의 구체적인 목표와 열정은 부모인 나에게 큰 감동과 확신을 주었다.

나는 농담처럼, 또 믿음처럼 아이에게 보내는 메모마다 '보낸 사람: 최 변 엄마'라고 적으며 응원했다.

하지만 어느 순간부터 아이의 표정이 조금씩 달라졌다.

"엄마, 공부는 해야 하는데… 요즘은 친구들이랑도 좀 놀고 싶고, 동아리 일도 신경 쓰여요."

그 말에는 피곤함보다 더 복잡한 마음이 묻어 있었다.

책상 앞에서는 법전을 펼치지만, 교정에서 들려오는 웃음소리에 마음이 자꾸 흔들리는 시기였다.

친구들과 어울리고 싶은 마음, 공부에 대한 책임감, 그리고 부모의 기대가 한데 얽혀 아이는 혼란스러워했다.

'이 길이 맞을까?'

'내가 조금 쉬면 뒤처지지 않을까?'

그런 생각들이 오락가락할 때마다 아이는 다시 마음을 다잡았다.

"그래도 해야죠. 로스쿨은 아무나 가는 게 아니니까요."

하지만 그 다짐 뒤에는 묵직한 외로움이 따라붙었다.

하루는 밤늦게 돌아온 아이가 말했다.

"공부는 해야 하는데, 마음이 자꾸 밖으로 도망가요."

나는 그 말이 서운하지 않았다. 오히려 아이가 솔직해져서 다행이었다.

"도망가도 괜찮아. 결국 돌아올 자리를 알고 있다면, 그게 제일 중요한 거야."

그날 이후 아이는 조금씩 자신만의 속도를 찾아갔다.

도서관에 가는 발걸음 사이사이에 친구와의 대화도, 짧은 산책도, 스스로를 위로하는 시간도 담기기 시작했다.

그렇게 아이는 자기 리듬을 만들어 갔다.

완벽하지 않아도, 늦어도 괜찮다는 걸 조금씩 배워 가는 듯했다.

그러나 세상은 늘 계획대로 흘러가지 않았다.

시간이 지나면서 아이의 계획은 느슨해지고, 공부보다 여가를 즐기는 시간이 늘어났다.

그 모습을 보며 나는 웃었다. "이 녀석은 원래 반짝형이지."

그럼에도 나는 그 마음과 노력을 인정하며, 아이의 속도에 맞춰 기다려 주기로 했다.

아이의 성장은 느리지만 꾸준했다.

우리 부부는 멀찍이서 그 길을 바라보며 마음속으로 중얼거렸다.

"그래, 이 아이답게 잘 가고 있구나."

결국 중요한 것은 얼마나 빨리 가느냐가 아니라, 멈추지 않는 마음이라는 것을 아이를 통해 다시 한번 배웠다.

전세로 들어온 예비 며느리

7년 전이었다.

지금 사는 아파트를 장만하느라 자금이 빠듯해, 원룸 한 칸을 전세로 내놓았다.

그때 세입자가 바로 고등학교 국어 교사 김○나 씨였다.

이름부터 반짝이는 게 뭔가 될 사람 같더라.

2년 계약이 끝날 즈음, 우리는 월세로 돌릴까 싶어 남편을 통해 물었다.

"이번엔 월세로 재계약하시겠어요, 아니면 이사하실래요?"

그런데 그 시절은 바로, 임차인에게 날개를 달아 주는 임대차법이 새로 시행되던 해였다.

우린 임대인이긴 해도, 새로 바뀌는 법을 잘 몰랐다.

그런데 김○나 씨는 달랐다.

"계약 만료 3개월 전까지 재계약 여부를 통보하지 않으셨으니, 자동으로 2년 연장된 걸로 알고 있습니다"라고, 조용하지만 단호하게 말했다.

그리고 한술 더 떠서, "2년 뒤에는 새 임대차법에 따라 한 번 더 연장할 거예요" 라고 했다.

남편이 그 얘기를 전해 줬을 때 나는 속으로 '세상에 이런 진상이 다 있나!' 싶었다.

그런데 곱씹어 보니, 자기 권리를 제대로 아는 사람을 '진상'이라 부르는 건 좀 억울하겠다 싶었다.

그녀는 이 시대의 생활형 똑순이였다.

그래서 그냥 잊었다.

그 후 7년이 흘렀다.

그런데 어느 날, 그녀에게서 "이번엔 정말 이사하려고요" 라는 연락이 왔다.

그 순간 남편이 이상하게 설레는 목소리로 말했다.

"그래요? 결혼은 안 하세요?"

그녀는 쿨하게 "아니요, 아직요" 했다.

그 말을 들은 남편의 눈동자가 반짝였다.

"아, 좋은 조카가 있는데요…."

사실 조카가 아니라 우리 둘째 아들이었다.

결국 남편은 즉석 중매쟁이가 되어 버렸다.

그리하여 원룸 세입자는 순식간에 예비 며느리 후보로 승격됐다.

놀랍게도 두 사람은 정말 잘 맞았다.

나이도 두 살 차이, 대화도 척척, 예의도 바르고, 국어 교사닿게 달

끝마다 문법이 정확했다.

"이거 운명 아니야?" 싶을 정도였다.

그리고 이번 추석, 가족 모임을 반포 M호텔에서 했다.

큰아들도, 며느리도, 그리고 예비 며느리도 함께였다.

식탁 위엔 음식이 가득했고, 우리 가족의 얼굴에는 미소가 피어 있었다.

그때 남편이 말했다.

"○나 씨, 저기 그 반찬 좀…."

'응? ○나 씨?'

분명 그전까지는 "김 선생"이라고 부르던 사람이었다.

그날부터 그는 아주 자연스럽게 '○나야'로 호칭을 업그레이드했다.

나는 속으로 생각했다.

사람의 인연은 정말 어디서 올지 모른다.

전세 계약서 한 장이 결혼 서약서의 프롤로그가 될 줄이야.

세상일은 참 묘하다.

그날 호텔에서 한 테이블에 앉은 큰아들 내외, 작은아들과 예비 며느리.

네 사람의 모습은 꽃보다 아름다웠다.

4부. 가족과 친구
— 함께여서 빛났던 시간들

인연은 때로 가족보다 더 큰 힘을 준다.

웃음으로 나눈 밥상, 병실에서의 위르

그리고 함께한 취미의 순간들이

나를 다시 살아 있게 만든다.

성주 이모님

나에게는 시어머님 같은 시이모님이 한 분 계신다.

성주에 사시기에 우리는 그분을 '성주 이모님'이라 부른다.

시어머님은 2남 5녀 중 맏딸, 그리고 성주 이모님은 그 막내.

올해 여든다섯이시지만, 정신연령으로 따지면 한 서른셋쯤 되시지 않을까 싶다.

말투는 구수한 경상도 억양인데, 그 속엔 촌스러움이 아닌 유머와 철학이 숨어 있다.

이모님은 딱 보면 '시골 할매'다.

햇볕에 그을린 얼굴, 손등 가득한 세월의 흔적.

그런데 그 옷차림을 보면 입이 다물어지지 않는다.

백화점 브랜드만 골라 입으신다.

내가 "이모님은 비싼 옷만 사서 입으시네요?" 하면, "시골 할매가 옷 보는 눈도 없는데, 브랜드라도 믿고 사야지 안 그라나?" 하시며 껄껄 웃으신다.

그 말이 어찌나 논리정연하고 설득력 있는지, 나도 결국 고개를 끄덕였다.

그렇게 말하면서도 이모님은 늘 깨끗하고 단정하시다.

동네 장터나 농협은행에 가서도 마치 패션 화보 촬영하러 가는 분 같다고 주변 친구분들이 말씀하신다.

성주 이모님은 젊은 시절부터 고생을 많이 하셨다.

버려진 성주의 땅을 일구어 사과밭으로 가꾸고, 그 수확으로 집안 살림을 반석 위에 올려놓으셨다.

또 여러 시누이와 시동생 들을 하나하나 시집·장가보내느라, 하늘 한 번 편히 올려다볼 겨를도 없이 일평생 땀 흘리며 살아오셨다.

그렇게 사과 농사를 지으며 돈을 벌다 보니, 어느덧 여든다섯 해의 세월이 흘러 있었다.

"세월 참 빠르네…" 하시며 이모님은 길게 한숨을 내쉬셨다.

"사람은 일할 때가 제일 젊을 때다, 놀면 늙는다 아이가."

이모님 특유의 경상도 사투리로 하신 그 말이 지금도 귀에 맴돈다.

지금도 이모님은 운전을 직접 하신다.

동네 사람들은 "그 나이에 아직도 운전하신다카더라!" 하며 브러워하지만, 이모님은 "내 아직 눈도 밝고, 신호도 잘 지킨다. 걱정 마라~" 하신다.

좁은 마을 안길을 요리조리 몰고 가는 운전 솜씨로, '멋쟁이 튿매'가 손을 흔들며 지나가시는 걸 상상하니 웃음이 절로 난다.

이모님은 나이와 상관없이 마음이 늘 젊고 유쾌하시다.

상스러운 단어도 이모님 입에서 나오면 이상하게 정겹게 들린다.

"야, 그거 째깐하이 이쁘다, 니는 그걸 어케 골랐노?"

그 한마디에도 사랑이 묻어나서, 나는 이모님 말투를 흉내 내다가도 자꾸 웃게 된다.

이모님은 매년 김장을 해서 우리 집으로 보내 주신다.

"미안케 생각하지 마라. 나는 느그들 맛있게 먹을 거 생각카믄 하나도 안 힘든다카이."

그 말에 괜히 울컥하면서도, 또 마음이 든든했다.

얼마 전, 남편과 베트남 여행을 다녀오며 평소 이모님이 "저런 가방 나도 한번 들어 봤으면 좋겠다" 하시던 가방을 사서 보내드렸다.

며칠 뒤 도착한 카톡. 맞춤법은 조금 엉성했지만, 그보다 더 따뜻한 문장은 없었다.

'가방 너무 이쁘다. 질부야, 나는 죽기 전에 너한테 무엇을 남겨 주고 죽어야겠니? 너무 고맙다.'

순간, 코끝이 찡해졌다.

며칠 후, 이모님은 앞마당에서 직접 키운 배추로 김치를 담가 보내오셨다.

"죽기 전에 남겨 줄 게 이거밖에 없다"며 하하 웃으셨지만, 그 김치에는 이모님의 인생, 정성, 사랑이 다 배어 있었다.

저런 분이 우리 곁에 있다는 게 얼마나 큰 복인가.

성주 시이모님.

세상에 이런 분이 또 있을까.

촌스럽지만 멋지고, 거칠지만 따뜻하고, 유쾌하지만 그 속엔 삶의 단단한 지혜가 숨어 있는 분.

나는 오늘도 마음속으로 다짐한다.

나도 나이 들면 성주 이모님처럼 살고 싶다.

멋지게, 유쾌하게, 그리고 사랑스럽게.

이모님은 '촌스러움'과 '품격'이 공존하는 사람이다.

브랜드 옷을 입고 김치를 담그며, 사투리 속에서 철학을 던지신다.

그런 분을 곁에 두었다는 건 내 인생의 행운이다.

아버지를 추억하며
― 그리움으로 다시 덮는 새벽의 기억

어릴 적 우리 아버지는 늘 우리가 잠든 새벽에 출근 준비를 하셨다.

그리고 마지막으로, 당신이 덮고 주무시던 이불을 조용히 자식들 위로 덮어 주시곤 했다.

그렇게 이른 새벽, 한 손엔 도시락을 들고 직장으로 향하시던 모습이 아직도 눈에 선하다.

아버지의 직장은 '경성전기주식회사', 지금의 한국전력공사였다.

동네 사람들은 그 회사를 '경전'이라 불렀다.

나는 아버지가 그곳에서 정확히 어떤 일을 하셨는지는 알지 못한다.

다만 기억 속의 아버지는 늘 퇴근길에 술에 취해 계셨다.

초저녁쯤이면 아버지가 귀가하셨다.

우리는 그 시간이 되면 서로 눈빛을 주고받으며 현관문 쪽으로 모였다.

문이 열리고, 익숙한 발소리가 들리면 우리는 외쳤다.

"아버지~!"

그리고 아버지 손에 들린 도시락통을 재빨리 낚아채 방 한편으로 달려갔다.

빈 도시락 안에는 늘 아버지가 우리를 위해 사 오신 간식이 들어 있었다.

길거리 풀빵, 군고구마, 왕눈깔 사탕, 김 붙인 과자….

우리는 환호성을 지르며 그 도시락을 열었고, 그 모습을 보며 미소 짓던 아버지의 얼굴은 지금도 잊을 수 없다.

아버지는 좋은 직장에 다닌다고 동네 어르신들의 부러움을 샀다.

매월 25일이면, 봉투에 월급을 담아 도시락 속에 숨겨 오셔서 얼마에게 조용히 내밀곤 하셨다.

그날의 귀가는 늘 평소보다 늦었다.

동료들과 어울려 술을 한잔 더 하고 오시기 때문이다.

엄마는 그런 아버지를 탓하며 종종 불만을 터뜨리셨다.

하지만 아버지는 늘 당신만의 방식으로 그 불만을 풀었다.

겨울철이면 연탄을 마차에 잔뜩 실어 뒷마당에 쌓아 두시고, 사람을 시켜 엄마가 좋아하시던 명란젓과 설렁탕을 보내셨다.

그런 날이면 엄마의 얼굴에도 미소가 번졌다.

아버지는 술을 정말 좋아하셨다.

특히 막걸리를 좋아하셨는데, 엄마는 그런 아버지를 두고 이렇게 말씀하시곤 했다.

"너희 아버지는 막걸리를 짊어지고 가라면 못 가지만, 먹고 가타면 얼마든지 드실 거야."

그러다 결국, 술과 담배가 화근이 되어 오십 줄 무렵 간경화와 고혈압으로 병원에 입원하셨다.

퇴원 후에도 오랜 기간 통원 치료를 받으시느라 직장도 그만두셨다.

퇴직금은 연금이 아닌 일시금으로 받으셨다.

그 돈으로 작은 슈퍼가 딸린 집을 사서서 엄마와 함께 운영하며 생계를 꾸리려 하셨다.

집을 사고, 슈퍼를 인수하기까지는 순조로웠다.

하지만 아버지는 여전히 사람들과 어울려 술자리를 즐기셨고, 엄마는 계를 운영하느라 슈퍼를 돌보지 못했다.

결국 다툼이 잦아졌고, 그 집을 팔고 방이 여러 개 딸린 집으로 옮겨 세를 놓고 사셨다.

그즈음 나는 결혼을 했고, 내 가정을 꾸리느라 부모님 일에 신경을 많이 쓰지 못했다.

어느 날, 아버지께서 내가 운영하던 피아노 학원에 찾아오셨다.

나는 아버지께 5만 원을 쥐여드렸다.

그런데 아버지는 연신 "디안하다, 미안하다"를 반복하셨다.

그때 본 아버지의 어깨는 너무나 작고 초라해 보였다.

몇 년 후, 아버지는 뇌경색으로 쓰러지셨다.

S대 병원에서 회생 불가 판정을 받고 퇴원하신 뒤 집에서 요양하셨지만, 끝내 말을 잃으셨고, 치매까지 겹쳤다.

그리고 67세의 이른 나이에, 설을 며칠 앞둔 겨울날 아버지는 하늘나라로 떠나셨다.

매년 설이 다가오면 나는 그 시절의 아버지를 떠올린다.

이제는 아버지의 나이를 훌쩍 넘어 버린 내가, 오늘은 이렇게 아버지를 추억하며 글을 남긴다.

사진 몇 장 남지 않은 것이 아쉽지만, 그보다도 더 선명하게 남아 있는 것은 아버지가 덮어 주시던 따뜻한 이불의 온기다.

제사상의 밥 세 그릇의 비밀

오랜 세월이 흐르고

시어머니께서 돌아가신 지도 이제 꽤 오랜 세월이 흘렀다.

돌아가신 이듬해부터 개년 돌아가신 날의 전날, 음력 5월 2일여는 어김없이 제사를 모셔 왔다.

결혼 후 처음으로 제사에 참여했을 때, 나는 시어머니의 시부드님

제사와 남편의 아버지 제사를 모두 남편의 형님 댁에서 모시는 것을 알게 되었다.

큰형님은 손맛 좋고 부지런하셔서, 언제나 정성스레 제사 음식을 준비하신다.

세월이 흘러 시어머니마저 세상을 떠나시자, 이제는 묵은 제사(시부모님의 부모님)는 마무리하고 시부모님 두 분의 제사를 시어머님 기일에 함께 모시기로 했다.

세 그릇의 제삿밥

그런데 시부모님 두 분의 제사인데도, 상에는 항상 밥과 국이 세 그릇씩 올려져 있었다.

나는 늘 궁금했다. 왜 두 분의 제사에 세 그릇일까?

내가 알게 된 이유는 이랬다.

큰형님이 시집오셔서 제사를 넘겨받을 때, 시어머님이 밥을 세 그릇씩 올리셨고, 아무도 그 이유를 묻지 않았다.

그렇게 세월이 흐르며 자연스레 "그런가 보다" 하고 이어져 온 것이다.

그런데 어머님이 돌아가신 뒤 행정 서류를 떼어 보니 놀라운 사실이 있었다.

시아버님의 부인으로 시어머니 외에 다른 한 분이 더 기재되어 있었던 것이다.

즉, 아버님은 어머님과 혼인하기 전 이미 다른 여성과 혼인신고가 되어 있었고, 그분은 자식 없이 먼저 세상을 떠난 것으로 짐작되었다.

그제야 나는 이해할 수 있었다.

시어머님은 그 사실을 알고 계셨던 것이다.

그래서 밥을 두 그릇이 아닌 세 그릇 올리셨던 게 아닐까.

그분의 자리를, 혹은 남편의 과거를, 한편의 인정으로 함께 모셨던 것이다.

말하지 못한 상처

그 사실을 알게 된 시점은 아마 혼인 이후였을 것이다.

시어머님께는 여동생들이 많았지만, 누구도 그 이야기를 들은 적이 없었다.

그렇기에 혼인 후에야 아신 듯하다.

그 시절은 봉건적 사회규범이 여전히 남아 있던 때였다.

여성의 감정은 감히 목소리로 내지 못하고, 속으로 삭여야 했던 시대였다.

그 사실을 알았을 때의 어머님 마음속 상처는 얼마나 깊었을까.

어머님은 늘 말씀하셨다.

"너희 아버지는 일본에서 여자를 데리고 들어왔단다."

그 시절 첩이라는 제도가 공공연히 존재하던 때였으니, 항의할 수도, 싸울 수도 없었다.

겉으론 평온해 보여도, 속으론 전쟁 같은 날들을 견뎌 내셨을 것이다.

하루는 어머니가 부엌에서 밥을 짓고 있는데, 방 안에서 시아버님과 그 여자가 깔깔대며 웃는 소리가 들렸다고 한다.

질투와 분노를 억누르다 못해, 어머니는 그 여자의 신발 한 짝을 집어 들고 대문 쪽으로 던지셨다.

그런데 하필 그 신발이 마당의 개를 맞췄고, 불쌍한 개는 "깨갱~ 깨갱~" 소리를 내며 달아났단다.

이야기를 들으며 나도 모르게 웃음이 났다.

슬픔과 분노가 뒤섞인, 인간적인 장면이었다.

홀로 선 여인

시어머님은 인물도 곱고, 젊은 시절의 시아버님은 인물 좋은 분으로 이름났다고 한다.

하지만 어머님의 인생은 결코 평탄하지 않았다.

서른을 갓 넘긴 나이에, 두 아들을 남기고 남편을 떠나보내야 했다.

여덟 살, 세 살. 두 아들을 혼자 키우며 살아가야 했던 어머니의 고단한 세월이 느껴진다.

더구나 부유했던 시집에서는 너무 젊은 나이에 과부가 된 어머니에게 "아이들을 두고 집을 나가라"고 했다.

결국 아이들을 남겨 둔 채 집을 나왔고, 삯바느질로 모은 돈으로 몇 년 뒤에 두 아들을 데려오셨다고 한다.

친정 근처에 자리 잡고 외할머니와 이모님들의 도움으로 어렵게 두 아들을 키우셨다.

시어머님은 자주 말씀하셨다.

"사는 게 재미가 없다."

그 말에는 지쳐 버린 삶의 무게가 배어 있었다.

그 우울한 기운은 집 안의 공기마저 눅눅하게 만들었다.

성격이 다른 두 아들 중에서도, 세심하고 다정한 둘째 아들 — 내 남편에게 유독 의지하셨다.

그래서였을까. 나는 시어머니께 아무 빚도 없었지만, 단지 '둘째 아들의 아내'라는 이유로 오랜 시간 마음의 부담을 느껴야 했다.

이제 나도 시어머니가 되었다. 나는 시어머님을 통해 배웠다.

사랑받지 못해 생긴 상처가, 자식의 가정을 무겁게 만들 수 있다는 것을.

그래서 나는 다짐한다.

내 아들과 며느리에게는 정신적으로나 경제적으로 어떤 짐도 지우지 않겠다고.

그들이 서로의 삶을 존중하며 웃을 수 있도록, 나는 그저 조용히 뒤에서 응원하는 시어머니로 남으려 한다.

병실 16호실, 인연의 시간들
─ 72병동에서 보낸 3주의 기록

첫 번째 인연 ─ 젊은 부부의 위로

입원 첫날, 우리는 72병동 16호실 2인실로 배정받았다. 그 방에는 고환암으로 수술을 앞둔 젊은 부부가 함께 있었다.

그들은 수술 후 임신이 가능할지 걱정으로 얼굴에 수심이 가득했다. 하루 동안 우리를 지켜보던 그들은, 아마도 우리 모습 덕분에 잠시나마 자신의 고통을 잊었던 것 같다.

각종 관과 링거를 주렁주렁 매단 채 과제를 수행하는 남편과, 그를 도우며 함께 움직이는 나를 안쓰러운 눈빛으로 바라보던 그들.

이튿날, 그 부부는 삼다수 두 병과 바나나 한 개, 뉴케어 한 병을 조용히 내 앞에 내밀었다.

"간병하시려면 억지로라도 드세요."

그 한마디가 어찌나 따뜻하던지.

"빨리 완쾌하시라"는 말을 남기고 그 젊은 부부는 다음 날 퇴원했다.

짧았지만 마음속 깊이 남은 첫 번째 인연이었다.

여행자 같은 부부

이튿날 오후, 남편과 동갑인 또 한 남성이 신장암 수술을 위해 입원했다. 그의 부인은 간병 중에도 매일 아침 정성스레 화장을 했다.

나는 그 모습을 보며 문득 거울을 들여다보았다. 눈곱만 떼고 양치질만 겨우 하고, 틈만 나면 쪽잠을 자던 내 얼굴은 마치 노숙자 같았다.

그 부부는 마치 여행이라도 온 사람들 같았다. 수술 후에도 가족들과 화상통화를 하고, 병원 지하 식당가를 돌며 카페 커피를 사 들고 복도를 산책했다.

몸에는 여전히 줄과 관이 달려 있었지만, 그들의 웃음은 우리에게 묘한 위로가 되었다.

나는 그제야 알았다. 신장암 수술이 얼마나 큰 수술인지.

그가 수술 이틀 만에 퇴원하는 걸 보며, 남편의 수술이 대수술 중의 대수술이었다는 걸 실감했다.

커튼 없는 남자

세 번째로 함께한 병실 동료는 중년 남성이었다. 처음엔 고환암과

췌장암이라 들었지만, 알고 보니 단순히 고환에 물이 찬 경우였다.

보호자 없이 혼자 입원했고, 척추 마취로 비교적 간단한 수술이라 했다.

그런데 이분은 낮이고 밤이고 커튼을 열어 둔 채 생활했다.

2인실의 커튼은 유일한 개인 공간을 지켜 주는 담장인데, 덕분에 원치 않은 장면들을 자주 목격하게 되었다.

그래도 그는 나에게 많은 위로와 완쾌의 말을 건네주었고, 그와도 하룻밤을 함께한 후 이별했다.

상황버섯과 비아그라

입원 기간이 길어지면서 우리는 어느새 16호실의 '방장' 격이 되어, 새로 입실하는 환자들에게 이것저것 알려 주는 역할을 맡게 되었다.

이번에 들어온 사람은 대구에서 올라온 66세 동갑 부부였다. 남편은 전립선암 수술을 받기 위해 입원했다.

그는 중국에서 무역업을 한다며, 몸에 좋은 상황버섯을 구해 보내 주겠다고 길림성의 직원에게 전화를 걸었다.

하지만 퇴원 후, 그 약속은 아직도 지켜지지 않았다. 아마 상황버섯이 귀했던 모양이다.

하루는 남편이 운동하러 복도로 나간 사이, 부인이 내게 다가와 말했다.

"전립선암 치료약으로 비아그라를 처방한다면서요?"

뜻밖의 질문에 놀란 나는 그저 웃을 수밖에 없었다.

그녀는 남편이 퇴원 후 그 약을 먹고 자신에게 덤비면 어쩌냐며, "그럴 땐 이혼해야 할 것 같다"고 심각한 얼굴로 말했다.

어떤 답을 해야 할지 몰라, 그저 웃었다.

퇴원 날, 그 부부는 먼저 퇴원해서 미안하다며 귤 네 알을 내 손에 쥐여 주고 떠났다.

소변 줄을 단 채 퇴원하는 그 부인의 남편 모습이 마음에 남았다.

노부부의 대화

그날 오후, 또 한 쌍의 노부부가 입원 보따리를 들고 들어왔다.

마침 그날은 남편의 마지막 관을 제거하던 날이라, 온몸이 땀에 젖은 남편의 등을 닦아 주고 있었는데, 커튼 너머로 노부부의 대화가 들려왔다.

할아버지: "뭘 꼽는다구 한 거야?"

할머니: "소변줄."

할아버지: "어디다가?"

할머니: "어딘 어디예요, 소변 보는 데죠."

할아버지: "……???"

할머니(큰소리로): "으줌 나오는 데요오오~!"

비뇨기 병동의 일상답게 너무나 현실적인 대화였다.

웃음을 참느라 커튼 뒤에서 어깨를 들썩이며 숨죽여 웃었다.

그 짧은 순간이, 병실의 공기는 여전히 무거웠지만, 그날 커튼 너머의 웃음은 삶이 완전히 병에 잠식된 건 아니라는 걸 일깨워 주었다.

커튼 너머의 인연들

16호실의 커튼은 단지 천이 아니라, 서로의 고통과 사생활을 지켜 주는 경계였다.

그러나 그 얇은 천을 사이에 두고 우리는 서로의 신음, 한숨, 웃음, 위로를 나누었다.

병실에서 만난 사람들은 각자의 사연을 안고 왔지만, 모두가 서로의 고통을 덜어 주는 존재가 되어 주었다.

누군가는 물 한 병과 바나나로, 누군가는 귤 네 알로, 또 누군가는 웃음으로 위로를 건넸다.

회고

돌이켜 보면, 병동 생활은 힘들고 지루한 나날이었다.

하지만 그 속에서 나는 사람의 진심을, 그리고 '함께 아픈 시간'이 주는 묘한 연대를 배웠다.

병실 16호실에서 만난 사람들은 짧게 스쳐 갔지만, 그들의 온기와 말 한마디가 내 마음 한편에 오래 남아 있다.

보약 같은 인연

젊은 시절, 학원을 운영하며 맺은 인연이 지금까지 이어지고 있다.

사람의 인연이란, 참 신기하다. 우연처럼 다가와 어느새 일상의 한 페이지가 되어 버리니까.

그 인연이 이제는 삶의 여정을 함께 걷는 진정한 동행자가 되어 주었다.

신 원장 부부는 소탈하고 따뜻한 사람들이다.

우리 부부와 영혼의 결이 비슷해, 언제 만나도 대화가 자연스럽고 웃음이 끊이지 않는다.

특히 신 원장과 남편은 '가성비'를 인생의 철학처럼 여기는 사람들이다.

맛집을 찾아도 가격이 지나치게 비싸면 아무리 맛이 좋아도 탈락이다.

두 사람에게 맛보다 중요한 것은 '합리적인 만족감'이다.

식당을 고를 때 그들이 가장 중시하는 또 하나의 기준이 있다. 바로 셀프 코너다.

남에게 아쉬운 말을 잘 못하는 성격이라, 반찬이 모자라면 스스로 가져다 먹을 수 있어야 마음이 편하단다.

그런 소심한 듯하지만 귀여운 철학이 늘 미소를 짓게 한다.

일상에서도 나의 남편과 신 원장은 실용적이다.

없는 것 빼고 다 있다는 "다○소"의 열혈 고객으로, 필요한 물건은 대부분 그곳에서 해결한다.

소박하지만 알뜰하게, 합리적으로 살아가는 모습이 닮고 싶을 만큼 매력적이다.

물론 비슷한 점만 있는 것은 아니다.

신 원장은 손재주가 많아 '컴퓨터 박사'라 불릴 만큼 꼼꼼하고 능숙하다.

반면 내 남편은 손재주가 없어 똥손이라 불리며 특히 전자기기만 보면 진땀을 흘린다.

남편은 컴퓨터가 고장이라도 나면 어김없이 신 원장에게 연락한다.

그럼 그는 언제라도 달려와 의사처럼 문제를 진단하고, 척척 해결책을 내놓는다.

필요한 부품이 있으면 직접 발품을 팔아 '최고 품질, 최저가'로 구해 온다.

그럴 때마다 남편의 얼굴엔 로또라도 맞은 듯한 미소가 번진다.

신 원장의 부인 황 원장은 요리에 능한 분이다.

'요리 박사'라 불러도 손색이 없을 정도다.

여행이나 나들이 날이면 손수 만든 음식을 바리바리 싸 오신다.

고속도로 휴게소의 공용 테이블 위에 펼쳐진 음식들은 집에서 만든 것인지, 유명 레스토랑에서 포장해 온 것인지 헷갈릴 정도로 정갈하고 맛깔스럽다.

포장 또한 전문 식당이 울고 갈 만큼 세련되어, 그 손끝의 정성이 절로 느껴진다.

그 음식을 한입 베어 물면, 행복지수는 단번에 200%로 치솟는다

나는 음식 만드는 재주가 없어 늘 신세를 지는 입장이지만, "힘드실 텐데 그냥 오세요" 하면 황 원장은 웃으며 말한다.

"힘 안 들어요~ 재밌잖아요."

그 한마디가 마음에 오래 남는다.

그분의 고운 말씨와 따뜻한 마음은, 그분이 종종 들려주는 친정아버지의 이야기 속 모습과 닮아 있다.

그분의 아버지는 '선하게 홍하라'는 뜻으로 '선홍(善興)상회'를 운영하셨다 했다.

상호만으로도 그 인품이 짐작되었다.

그분의 선한 마음이 딸을 통해 지금까지 이어지고 있는 듯했다.

신 원장 부부는 평생 현역을 주장하면서도 일과 여가를 적절히 배분하여 인생을 참 잘 즐긴다. 우리 부부 역시 나이에 상관없이 늘 활동적이고 사회에 기여하려는 태도를 견지하고 있는 현역주의자이긴 하지만 신 원장 부부처럼 인생을 즐기진 못 한 것 같다.

이분들은 여행을 좋아하고, 삶을 풍요롭게 만드는 방법을 아는 분들

이다.

여행 경험이 많지 않았던 우리 부부에게 여행의 즐거움을 알려 준 것도 바로 그들이었다. 그들과 함께한 시간은 늘 새롭고 따뜻했다.

소래포구에서는 전어와 광어회를 먹고, 덤으로 받은 멍게까지 곁들여 매운탕과 칼국수를 폭풍 흡입했다. 먹는 즐거움이란 게 이런 것이구나, 그때 처음 알았다.

오대산의 단풍이 절정이던 날, 월정사 앞 찻집에서 쌍화차를 나누며 건강을 걱정해 주던 황 원장의 기도가 마음 깊이 전해졌다.

몸이 좋지 않아 창밖 산을 멍하니 바라보던 평창 휘닉스 파크의 저녁도, 지금은 따뜻한 추억이 되었다.

용문산 나물축제에서는 셀프 코너에서 산나물을 한가득 담으며 깔깔 웃었고, 남양주의 'AYU SPACE' 카페에서는 '돌멩이멍'을 즐기며 커피 한 잔의 여유를 배웠다.

평소 커피를 즐기지 않던 나조차, 그날은 향과 온기를 아끼듯 끝까지 다 마셨다.

그리고 잊을 수 없는 도시, 목포.

과거와 현재, 그리고 미래가 공존하는 도시였다.

유달산, 영화 〈1987〉의 촬영지인 '연희네 슈퍼', 갓바위와 평화광장의 분수쇼, 그리고 비금도·도초도·퍼플섬으로 이어진 여정까지 모든 순간이 영화처럼 아름다웠다.

역 근처 '한식당'에서 신선한 쌈채소에 제육볶음을 싸 먹으며 웃던 그 시간이 아직도 생생하다.

신 원장 부부는 언제나 상대를 배려할 줄 아는 사람들이다. 소박함 속에 웃음이 있고, 따뜻함 속에 정이 있다.

그들과 함께한 시간은 여행보다 더 깊은 여운을 남겼다.

좋은 풍경은 눈에 남지만, 좋은 사람은 마음에 남는다는 말을 실감했다. 결국 인생의 행복이란 이런 것이 아닐까.

영혼의 결이 닮은 사람과 함께 웃고, 나누고, 기억하는 일.

시간이 흘러도 변치 않는 그 마음 한 모금이, 우리 삶을 단단히 지탱해 주는 진짜 보약이 아닐까.

파크골프장에서 피어난 웃음꽃

운동도 하고, 취미도 하나쯤 가져 보자는 마음으로 파크골프를 시작한 지 어느덧 넉 달째.

처음엔 '굿샷!'이라는 소리조차 어색했지만, 이제는 파크볼 스크린 연습장에서 기본기를 익히고 야외 골프장에도 몇 번 나가 봤다.

그런데 말이다.

야외 골프장은 예약하기도 어렵고, 날씨 영향을 너무 많이 받는다.

무더운 여름이나 장마철엔 땀 범벅, 우비 범벅.

결국 우리 골프 친구 5인방, 일명 '여우 다섯'은 스크린 파크골프장에서 운동 겸 놀이로 즐기기로 했다.

오늘은 그 유쾌한 한판 승부의 이야기다.

여우 1번 — 비실비실 여우의 반전샷

양평 라운딩에서 홀인원을 터뜨린 주인공, 예전엔 힘없는 비실샷의 대명사였는데, 이젠 다르다.

어정쩡한 포즈로 툭— 하고 쳤는데도 "땡그랑!" 소리가 경쾌하게 울린다.

모로 가도 서울만 가면 된다더니, 18홀 중 버디를 다섯 번이나 잡는 저력!

이제는 '비실비실 여우'가 아니라 "힘찬 굿샷 여우"다.

대단해요, 여우 1번!

여우 2번 — 헛퍼팅의 철학자

폼생폼사 철학으로 무장한 완벽주의자.

임팩트와 방향성은 완벽한데, 퍼팅이 문제다.

"티샷 잘하면 뭐하노? 퍼팅에서 안 받쳐 주는데…."

입버릇처럼 투덜거리며 스스로를 '헛퍼팅'이라 부른다.

그 정성스러운 퍼팅 모션, 몇 번의 실패 끝에 겨우 "땡그랑" 들어가면 "힘든다~ 힘드러…" 발음도 맛깔나게 꼬이는데, 도대체 힘이 '든다'는 건지, '드럽다'는 건지….

여우 3번 — 임팩트 여왕

작은 체구에서 뿜어져 나오는 임팩트!

액티브한 스윙에 모두가 감탄한다.

"지도자로 나서도 되겠슈~"

누가 봐도 질투심 유발 여우.

"퍼팅의 진수는 이런 거야~ 버디는 젤로 쉬웠어요~"

약 올리는 멘트에 다들 부글부글하지만, 이상하게도 미워할 수 없는 매력덩어리다.

여우 4번 — OB의 여왕이시여

한때 'OB 대왕마마님'이라 불렸던 여우 4번.

요즘은 달라졌다.

"이젠 OB 정도는 시시하다!"

공이 담벼락 맞고 튕겨 나와, 그물망에 부딪히고, 공중으로 솟구쳤다가 나무 기둥에 맞고 그린에 안착!

"앙 그래용? 나이스샷~"

결과는 더블보기, 하지만 이런 스토리텔링 골프가 어디 있나.

우리에겐 이게 바로 예술이다.

여우 5번 — 이글박의 반란

"제 별명은 이글박이라 불러 주오~"

25m 거리에서 홀인! 모두가 입을 벌렸다.

사실 나도 놀랐거든.

그날의 게임 결과는 "싹싹김치~"

의미? 몰라도 된다.

우리에겐 그저 웃음의 코드다.

우리들의 파크골프 룰(대원칙) — 남의 불행은 나의 행복

우린 실력 향상에도, 성적에도 큰 관심 없다.

상대방이 OB를 내면 "나이스~ 잘했어!"를 외치고, 남의 배드샷엔 "나의 행복~ 그 잡채~"를 외친다.

홀컵 앞에서 살짝 빗나가면? "꼬시다~ 꼬시다~" 하며 웃음보가 터진다.

말도 안 되는 거리의 퍼팅이 남으면? "그 정도는 한 짝 발 들고 쳐도 땡그랑이지~"

이렇게 우리 여우 5인방은 오늘도 웃고 떠들며, 파크골프의 진짜 매력 "함께 웃는 시간"을 즐긴다.

파크골프는 우리에게 운동이자 놀이다.

점수보다 중요한 건 함께하는 즐거움.

비실샷이든, OB든, 헛퍼팅이든 상관없다.

오늘도 여우 다섯의 웃음소리가 스크린장 안에 '땡그랑~' 울려 퍼진다.

인생네컷

점심을 먹고 홍대 거리를 걷다가 우연히 마주친 '인생네컷' 간판
호기심이 발동했다. 다섯 명의 나이를 합하면 300살이 넘는, 대학원
동기들인 우리들은 나이를 잠시 잊고, 발걸음을 안으로 옮겼다.

솔직히 말하면, 우리 또래가 일부러 찾아도 쉽게 들어올 수 있는 곳이 아니다. 홍대는 여전히 젊음과 에너지로 가득 차 있었고, 햇빛은 쨍쨍하지만 양산을 든 사람은 하나도 없었다. 우리들만 유일하게 양산을 받쳐 들고 있다.

그 속에서 우리는 다섯 명, 기계치 중년 세대답게 완전히 자유롭게 움직였다.

포즈? 구도? 그런 건 생각할 겨를이 없었다.

"그냥 웃어!"

"오, 손 올려!"

"카메라 어디야?"

즉흥적이고 엉뚱하게, 서로를 격려하며 카메라 앞에 섰다.

셔터가 눌리는 순간조차 정확히 모르면서 말이다.

촬영 장비도 감으로 대충 맞춰 잡았지만, 그렇게 나온 사진 속 우리의 모습은 어쩐지 특별했다. 완벽하지 않아도, 구도가 엉성해도, 그 순간만큼은 즐거움이 가득했다.

결국 '인생네컷'이 남긴 건, 단순한 사진보다 더 값진 경험이었다.

오랜 시간 쌓인 우정과, 함께 웃고 떠든 순간들. 나이를 잊고, 호기심을 따라간 작은 모험이지만, 그 속에서 우리는 다시 젊어졌다. 대학원 시절처럼, 다섯 명이 함께라서 가능한 행복한 순간이었다.

춤추는 일상, 라인댄스

몇 년 전부터 운동 삼아 일주일에 두 번 정도 가볍게 즐기던 라인댄스를, 요즘은 주 5일로 늘려 꾸준히 하고 있다.

라인댄스는 음악에 맞춰 정해진 라인을 따라 움직이는 춤이라, 격렬하지 않으면서도 온몸을 사용하는 전신운동이다.

땀을 흘리면서도 리듬에 몸을 맡기다 보면 어느새 스트레스가 사라지고, 마음이 가벼워진다.

그렇게 재미와 건강을 동시에 얻을 수 있어서인지, 이제는 하루라도 빠지면 허전할 정도로 내 삶의 일부가 되었다.

우리 동에서는 매년 가을 '노원 댄싱 페스티벌'이라는 마을 축제가 열린다.

올해는 우리 라인댄스팀이 동 대표로 단체 출전을 하게 되어, 요즘은 연습 열기가 그 어느 때보다 뜨겁다.

월요일에는 노원초등학교 강당에서, 금요일에는 중랑천 둔치에서

모여 연습을 한다.

연습 시간은 마침 저녁 식사 준비 시간과 겹쳐 늘 바쁘지만, 모두가 시간을 쪼개어 나와 함께 한다.

서로의 호흡에 맞춰 움직이고, 틀린 동작이 있으면 웃으며 다시 맞춰 보는 과정이 즐겁다.

그 속에서 우리는 춤을 배우는 것뿐만 아니라, 서로의 삶을 나누며 한층 가까워진다.

라인댄스 강사 선생님의 세심한 지도 아래 우리는 빨간색과 파란색 상의로 나뉘어, 전체적인 흐름에 맞춘 동작을 연습한다.

손주뻘 되는 어린 학생들은 외발자전거를 타며 묘기를 부리고, 아슬아슬 넘어질 듯 말 듯 균형을 잡으며 공연의 흥을 돋운다.

아이들의 밝은 웃음과 어른들의 정성스러운 동작이 어우러지면, 그
야말로 하나의 작품이 된다.

춤추는 세대가 달라도 마음이 통하면, 무대 위에서는 모두가 하나의
리듬으로 이어진다.

작년 가을, 우리는 동 대항 경연대회에 출전해 동상을 받았다.

그 순간의 감격은 지금도 잊을 수 없다. 상의 크고 작음이 중요한 것
이 아니라, 함께 흘린 땀과 웃음이 빛나는 결과였다.

무대 위에서 반짝이 조명을 받으며 서로 눈을 마주치던 그 순간, '나
도 아직 이렇게 춤출 수 있구나' 하는 뿌듯함이 마음 깊이 차올랐다.

이제 라인댄스는 내게 단순한 취미를 넘어, 삶의 활력을 주는 소중
한 일상이 되었다.

음악이 흐르고 발끝이 리듬을 찾을 때마다, 몸도 마음도 한층 가벼
워진다.

같이 웃고, 같이 맞추며, 함께 성장하는 이 시간들이야말로 나의 인
생 무대 위의 춤이다.

앞으로도 나는 계속 춤출 것이다.

삶의 박자에 맞춰, 내 마음의 리듬에 따라, 오늘도 즐겁게 발을 맞
추며.

낯선 호칭 앞에서

아파트 마당에서 자주 스치는 이웃이 있다.

같은 단지에 살면서도 이름조차 모르는 사이, 서로 가볍게 눈인사와 목례만 주고받을 뿐이었다.

그날도 운동을 마치고 돌아오는 길이었다.

이웃은 작은 손을 꼭 잡고 있었다. 또랑또랑한 눈망울을 가진 여자아이, 아마 그의 손녀일 것이다.

아이가 수줍게 나를 올려다보는 순간, 이웃이 부드럽게 아이에게 말을 건넸다.

"할머니께 인사해야지. 안녕하세요, 해 봐."

그 짧은 한마디가 내 마음을 툭 하고 건드렸다.

순간적으로 웃음을 지으려다, 나도 모르게 어색한 표정이 스쳤다.

나는 늘 동안이라는 말을 들어 왔다.

실제 나이를 밝히면 사람들은 놀라며 눈을 크게 떴다.

"믿을 수 없다"는 말과 함께 젊게 보인다는 칭찬은 내게 하나의 작은 자존심이 되어 있었다.

그런 내가 어느 날 불쑥 '할머니'라는 호칭을 듣게 되니, 낯설고 묘한 감정이 차올랐다.

물론 부정할 수는 없다.

나에게도 귀하고 사랑스러운 손녀가 있다.

만날 때마다 "할머니!" 하고 달려드는 그 목소리에 내 마음은 언제나 녹는다.

그 부름은 내 삶의 한 부분으로 이미 스며들었다.

그러나 모르는 이의 입에서 나온 "할머니"는 달랐다.

그것은 단순한 호칭이 아니라, 나를 한순간에 새로운 존재로 규정해 버리는 낯선 거울 같았다.

내가 아직 온전히 받아들이지 못한 또 다른 '나'를 마주 보게 만드는 이름이 있다.

나는 오래도록 피아노와 함께 살아왔다.

건반 위의 시간은 내 청춘이었고, 내 일상이었으며, 내 삶의 전부였다. 수많은 제자가 내 곁을 거쳐 갔고, 그들은 나를 늘 '선생님'이라 불렀다.

지금도 복지관에서 재능기부를 하며 아이들에게 피아노를 가르친다.

건반 위에서 아이들의 눈이 반짝일 때, 나는 여전히 살아 있음을, 그리고 여전히 '선생님'으로 불릴 자격이 있음을 느낀다.

그래서일까. 내게 익숙한 호칭은 여전히 '할머니'가 아니라 '선생님'이다.

그 속에는 내가 걸어온 길, 흘려 온 시간, 그리고 내 정체성이 오롯이 담겨 있다.

'선생님'이라는 이름은 나를 단순히 나이로 규정하지 않는다.

오히려 내가 쌓아 온 경험과 열정을 반영하는 이름이자, 나를 지금의 나로 서게 한 가장 소중한 언어다.

하지만 마음 한편에서는 안다.

언젠가 '할머니'라는 부름이 내게도 따듯이 다가올 날이 올 것이다.

손녀가 내 품에 안겨 속삭이는 그 호칭은 이미 내 삶의 또 다른 진실이 되었으니까.

다만, 아직은 '할머니'라는 이름 앞에 조금 더 시간이 필요하다.

나는 여전히 건반 위에서 아이들과 호흡하며, 음악의 언어로 세상과 대화하고 싶다.

아직까지 내 귀에 가장 익숙하고 아름다운 이름은 선생님이다.

언젠가 두 이름이 자연스레 내 안에서 어깨를 나란히 할 그날까지, 나는 오늘도 나의 또 다른 시간을 연주한다.

5부. 나의 삶과 철학
― 생각하며 살아간다는 것

"인생은 정답이 아니라, 질문의 연속이다"

쇼펜하우어의 한 구절 앞에서 멈춰 서고

덧밭의 흙을 만지며 인생을 다시 배우게 된다.

완벽을 향해 달리던 날들 대신.

쇼펜하우어의 질문 앞에서, 삶을 다시 묻다

"당신의 인생이 왜 힘들지 않아야 한다고 생각하십니까?"

처음 나는 그 문장을 마주했을 때, 마치 차가운 얼음물 한 컵을 정수리에 뒤집어쓴 듯한 기분이 들었다.

염세주의자 쇼펜하우어의 이 질문은 처음엔 냉소적으로만 들렸다.

인생의 고통을 당연시하는 듯한 말투가 오만하게 느껴졌다.

하지만 이상하게도 그 말은 내 마음속 깊은 곳에 오래 남았다.

시간이 흐르고, 나는 몇 번의 실패와 상실을 겪으며 그 문장의 의미를 천천히 이해하기 시작했다.

인생이 힘들지 않아야 한다고 믿는 순간, 우리는 이미 좌절을 두려워하게 된다.

행복만을 기대하면, 그 기대가 무너질 때의 낙차는 감당하기 어려운 절망으로 바뀐다.

그러나 인생의 본질은 애초에 평온이 아니라 '파도'였다.

항구를 떠난 배가 파도를 피할 수 없듯, 살아 있는 한 우리는 고통과 마주해야 한다.

파도는 배를 흔들지만, 동시에 그 배를 앞으로 나아가게 하는 힘이기도 하다.

살아 있음이란 곧 흔들림을 감내하는 일이다.

흔들림이 전혀 없는 인생이란, 이미 정지해 버린 ― 즉 '살아 있지 않은' 상태일 것이다.

나는 신혼 시절, 인생이 내게 너무 가혹하다고 느낀 적이 있다.

이유를 찾으려 애썼지만, 결국 이유는 없었다. 인생은 때로 잔혹하고, 때로는 불가사의하다. 그러나 그 불가사의함을 너무 심각하게 파헤치려 하면 오히려 삶이 내게서 멀어졌다.

이해하려 하기보다, 받아들이는 편이 나를 덜 아프게 했다.

젊은 날 나는 인생과 작은 약속을 맺었다.

"끝까지 포기하지 않겠다."

그 단순한 다짐이 어쩌면 지금의 나를 버티게 만든 유일한 신념이었다.

나는 그 약속을, 내가 먼저 깨뜨리지 않으려 노력했다.

그러자 어느 날 문득 깨달았다.

인생도 나를 완전히 버리지는 않았다는 사실을.

삶은 종종 절망이라는 이름으로 선물을 건넨다.

그 절망은 우리를 무너뜨리기 위해 오는 것이 아니라, 우리가 더 단단해지도록 밀어붙이는 또 하나의 힘이다.

그래서 이제 나는 인생이 힘들다고 느껴질 때마다 되묻는다.

"당신의 인생이 왜 힘들지 않아야 한다고 생각하십니까?"

그 질문은 더 이상 냉소가 아니다.

이제는 나를 일으켜 세우는 가장 다정한 위로가 되었다.

생각대로 사는 삶

20세기 프랑스의 시인이자 사상가 폴 발레리는 이렇게 말했다.

"그대가 용기 내어 생각하는 대로 살지 않으면, 머지않아 그대는 사는 대로 생각하게 될 것이다."

짧지만 묵직한 이 말은 나의 삶을 되돌아보게 한다.

나는 지금 생각대로 살고 있는가, 아니면 사는 대로 생각하고 있는가.

돌아보면 어린 시절의 나는 별다른 고민 없이 부모님과 주변 어른들의 말씀에 순종하며 지냈다.

결혼 이후에는 육아와 경제적 도약을 위해 오로지 앞만 보고 달려왔다. 너무 바쁘다 보니 '생각할 틈'이 없었던 것뿐이지, 생각 자체가 없었던 것은 아니었다.

삶의 여러 순간마다 스쳐 간 생각의 조각들을 메로로 남겼고, 그중 일부는 조금씩이나마 실행에 옮겨 왔다.

성공한 사람들의 공통점은 분명하다.

그들은 '사는 대로 생각하지 않고, 생각대로 산다'는 것이다.

이는 곧 행동에 앞서 생각을 세우고, 그 생각을 삶으로 옮기는 태도를 의미한다.

생각대로 사는 삶이란 주체적인 삶이며, 바른 생각을 행동으로 이어가는 삶이라 할 수 있다.

그러나 문제는 늘 욕심이다.

생각대로 살기 위해서는 먼저 과욕을 내려놓고 어리석음에서 벗어나야 한다.

하지만 욕심을 버리는 일은 쉽지 않다.

결국 우리는 어리석음에 머무르고, 생각보다 습관대로, 편의대로 살아가기 마련이다.

바른 생각에 따라 행동하는 일은 힘들고 귀찮고 어렵다.

그러나 생각을 바꾸는 일은 그보다 훨씬 쉽다.

큰 에너지가 필요하지 않으며, 죄책감에서 벗어나 마음이 한결 가벼워진다.

그래서 결국, 우리가 생각대로 살지 못하면 사는 대로 생각하게 되는 것이다.

생각을 다잡고, 바른 생각을 삶의 중심에 두는 것.

그것이야말로 우리가 주인이 되는 삶의 첫걸음 아닐까.

나그네의 길 위에서

"인생은 나그넷길"이라는 노랫말이 있다.

어디에서 와서, 어디로 가는 것일까. 그 애잔한 가락은 오래도록 내 마음속에 남아 있었다.

종교가 기독교가 아니어도, 스스로를 나그네라 인정하는 사람은 삶에 대해 지나친 환상이나 허무에 빠지지 않을 것이다. 나 역시 오랜 세월을 돌아보며 이제야 비로소 그 사실을 깨닫는다.

아름다운 봄날의 시간을 흘러보내고, 어느덧 일흔이라는 나이에 다다르니, 삶이 유한하다는 사실이 선명해졌다.

한때는 싱싱한 초록의 오월이 영원히 계속될 줄 알았다. 그러나 아니었다. 계절처럼, 인생도 그렇게 흘러가 버린다.

남은 날들 속에서 무엇을 만나게 될까 상상해 본다.

혹시 더 많은 부와 명예가 주어진다 해도, 그것들이 나를 진정 행복하게 하지는 못한다는 것을 이제는 안다.

온갖 부귀영화를 누렸던 솔로몬이 결국 "헛되고 헛되니 모든 것이 헛되도다"라고 고백한 이유가 절로 이해된다.

이스라엘을 40년간 다스리며 권력과 지혜를 한 몸에 가졌던 다윗의 아들, 솔로몬 왕. 세기의 철학자이자 예술가, 종교지도자였던 그가 인생을 통달한 뒤 남긴 세 가지 메시지가 있다.

첫째, 메멘토 모리(memento mori).

사람은 언젠가 죽는다는 것을 기억하라.

어렵게 모은 재산도, 권력도 결국은 허무하다.

지혜로운 자도, 어리석은 자도, 부자도, 가난한 자도 모두 죽음을 맞는다.

둘째, 카르페 디엠(carpe diem).

오늘을 즐겨라.

욕심을 버리고 주어진 하루에 만족하며 충실히 살라는 가르침이다.

셋째, 겸허함.

사람이 능력이 있다고 해서, 열심히 노력한다고 해서 다 이룰 수 있는 것은 아니다.

불가능한 것을 인정하고, 삶 앞에 겸허해져야 한다.

이 세 가지 지혜를 곱씹으며 나는 생각한다.

결국 마지막 순간에 우리는 아무것도 가지고 갈 수 없다.

그렇다면 인생에서 진정으로 남는 것은 무엇일까.

아마도 그것은 내가 가진 부나 명예가 아니라, 누군가의 마음에 남긴 사랑, 그리고 세상에 남긴 작은 흔적일 것이다.

그래서 나는 다짐한다.

남은 하루하루를 헛되이 흘려보내지 않고, 영원히 남을 것을 위해 최선을 다하며 살아가야겠다고.

김치 비지찌개를 끓이며

오늘 점심에 김치 비지찌개를 끓이다가 묘한 깨달음이 찾아왔다.

김치 속에 양념이 지나치게 많아 국물이 텁텁해질 것 같아 털어 내고 끓였는데, 그 순간 삶도 그렇다는 생각이 스쳤다.

우리는 살면서 얼마나 많은 불필요한 것들을 안고 사는지 모른다.

욕심, 체면, 남의 눈치, 끝없는 비교…. 그것들이 꼭 있어야 할 것처럼 붙어 있지만, 사실은 삶의 본래 맛을 해치는 양념일 수도 있다.

에픽테토스의 말이 떠올랐다.

"우리를 괴롭히는 것은 사물 그 자체가 아니라, 사물을 바라보는 우리의 생각이다."

있는 그대로의 삶은 의외로 담백하고 충분한데, 내가 덧붙이는 수많은 생각이 삶을 복잡하게 만들고 있었다.

삶이 버거운 건 어쩌면 현실 때문이 아니라 내가 덧씌운 생각들 때문일지 모른다.

김치의 과한 양념을 털어 내자 국물은 맑아지고 비지의 고소함이 드러났다.

마찬가지로, 내 삶에서도 불필요한 것들을 조금씩 내려놓는다면 더 단순하고 깊은 맛이 살아날지도 모르겠다.

찌개를 먹으면서 그런 소박한 깨달음을 곱씹었다.

황혼을 바라보며

괴테는 노년에 대해 "노년은 상실의 삶"이라는 말을 남겼다.

사람은 늙어 가며 건강을 잃고, 돈을 잃고, 일과 친구를 잃고, 마지막에는 꿈마저 잃어버린다고 했다.

죽지 않는다면 누구도 피할 수 없는 길, 그것이 노년이다.

그래서일까. 황혼은 종종 고독과 덧없음으로 다가온다.

주변 사람들은 하나둘 떠나가고, 젊음이 주던 빛은 저물어 간다.

남은 시간을 세어 보며 마음 한편이 허전해진다.

자식에게 집착하거나, 애완동물이나 모임에서 위로를 찾기도 하지만, 집으로 돌아오는 길목에서 밀려드는 공허함은 쉽게 달아나지 않는다.

그러나 늙음은 단지 쇠락만을 의미하지 않는다.

공자도 나이를 먹으며 늙음의 무게를 느꼈지만, 《논어》 속 그의 모습은 탄식이 아니라 오히려 '기쁨'과 '즐거움'이었다.

덕을 쌓은 사람은 외롭지 않다고 그는 말했다.

누군가와 더불어 마음을 나누고, 함께 웃을 수 있는 기쁨이 있다면 노년은 쓸쓸함을 넘어 평온으로 채워질 수 있다.

역사의 성현들은 우리에게 한 가지 지혜를 남긴다.

늙으면 움켜쥐지 말고, 내려놓고, 베풀며, 삶을 단순하게 하라는 것.

많은 것을 주지 못하더라도 따뜻한 말 한마디, 밝은 얼굴빛, 진심 어린 마음만으로도 충분히 나눌 수 있다.

그리고 자신에게도 베풀어야 한다.

몸과 마음을 위해 기꺼이 시간과 노력을 쓰며, 스스로를 소중히 돌보는 것.

그것이야말로 노년을 지혜롭게 살아내는 첫걸음일 것이다.

괴테가 말한 상실은 누구에게나 찾아오는 현실이다.

하지만 상실만이 전부는 아니다.

공자가 노년에도 기쁨을 노래했듯, 내려놓음 속에서 얻는 평안과, 함께하는 사람들과 나누는 따뜻함은 황혼을 다시 빛나게 만든다.

노년은 결국, 덧없음을 어떻게 바라보느냐에 따라 달라진다.

빈손 같지만, 그 안에 새로운 충만함을 품을 수도 있다.

황혼은 저물어 가는 빛이 아니라, 오히려 가장 따뜻한 빛일지 모른다.

힘 빼기 연습

치과에 갔다.

신경치료를 받는데, 의사가 말했다.

"힘 빼세요."

하지만 그게 말처럼 쉬운가.

나는 겁이 나서 의자 팔걸이를 부숴 버릴 기세로 꽉 잡고 있었다.

이쯤 되면 의사도 치료보다 씨름을 하는 기분이었을 것이다.

며칠 후 스크린 파크골프장에 갔다.

비거리를 늘리겠다고, 팔에 잔뜩 힘을 주어 스윙!

결과는?

공은 하늘 높이 날았다.

그리고 숲속으로 사라졌다.

"OB예요~" 스크린 AI의 말에 내 속도 OB가 됐다.

그러자 프로 강사가 한마디 던졌다.

"힘 좀 빼세요."

춤을 춰도, 악기를 연주해도, 심지어 밥을 먹을 때조차 다들 힘을 빼란다.

그런데 나는 평생 '힘으로 버티며' 살아왔다.

열심히, 악착같이, 이를 악물고.

그러다 나이 칠십이 다 돼서야 문득 깨달았다.

아, 내가 지금까지 너무도 '힘' 있게 살아왔구나.

그래서 이제는 '힘 빼기' 연습을 시작했다.

이웃들과 함께 댄스를 배우고, 파크골프도 치면서 웃고 떠드는 시간이 많아졌다.

예전엔 단정한 정장 차림으로, 구두를 뾰족하게 세우고 다녔는데 이제는 헐렁한 운동복에 슬리퍼 신고 동네를 어슬렁거린다.

빠른 걸음 대신 느린 산책을 택했다.

자원봉사와 재능기부로, 계산 없는 관계도 배워 가고 있다.

무엇보다 중요한 변화는 나 자신에게 힘을 빼기 시작했다는 것.

예전에는 '완벽해야 한다'가 좌우명이었다.

이제는 '대충 살아도 괜찮다'로 업그레이드했다.

조금 부족해도 괜찮고, 조금 느려도 괜찮다.

인생 후반전에는 '완벽'보다 '편안함'이 훨씬 더 중요하다.

치과에서, 골프장에서, 라인댄스 강당에서, 그리고 인생에서….

나는 이제야 비로소 깨달았다.
"힘을 빼야 비로소 멀리 간다."
그러니 오늘도 나는 힘 빼는 연습을 한다.
치과 의자에서도, 스크린골프장에서 OB가 나도, 심지어 집안일을
하다가 설거지를 하다 비싼 접시를 떨어뜨려도.
괜찮다.
이제는 '힘 빼기 장인'으로 거듭나는 중이니까.
내 인생의 여유는 이제 막 시작이다.

수락산 길 위에서 만난 시인 천상병

아직 낮에는 햇살이 따갑지만, 아침저녁으로는 제법 선선한 바람이 분다. 오랜만에 남편과 함께 아침 운동 삼아 수락산 무장애숲길을 찾았다. 산길을 걸으며 계절의 변화를 온몸으로 느끼는 순간이 얼마나 소중한지 새삼 깨닫게 된다.

걷다 보니 입구에 작은 천상병 공원이 자리 잡고 있었다.

오래전 책에서 만난 시인의 이름을 산길에서 다시 마주하니, 잠시 발걸음을 멈추고 마음이 머문다. 〈귀천〉이라는 시로 우리에게 널리 알려진 천상병 시인은 흔히 '순수한 시인'으로 불린다. 아이처럼 천진난만하고 꾸밈없는 성격, 그것이 그의 대표적인 이미지다. 하지만 그의 삶을 들여다보면 순수만큼이나 명석한 두뇌와 치열한 시대 의식을 함께 느낄 수 있다.

서울대에 입학했으나 과감히 중퇴하고, 미군 통역관으로 복무했던 이력만 보아도 평범한 길을 마다한 자유인의 모습이 드러난다.

그러나 1967년 '동백림 사건'에 연루되어 6개월간 옥살이를 치른 일은 그의 삶을 송두리째 흔들어 놓았다. 후에 정치적 조작 사건으로 밝혀졌지만, 이미 시인은 삶의 기반을 잃고 가난과 병마에 시달려야 했다. 그럼에도 불구하고 그는 끝내 순수를 잃지 않고 시로써 세상을 노래했다.

공원 곳곳에는 개와 어린이가 함께 있는 조각상들이 보인다.

천상병은 개를 무척 사랑했다고 한다. 그가 세상을 떠난 후에도 반려견은 서재 곁을 떠나지 않고 주인을 그리워하다가, 3년 뒤 마치 주인을 따라가듯 눈을 감았다는 이야기는 오래도록 마음에 남는다.

공원 한쪽에는 그의 유품 203점을 담은 타임캡슐이 묻혀 있다. 무려 2130년, 그의 탄생 200주년에 열릴 예정이라고 한다.

그 먼 훗날, 사람들은 어떤 세상을 살고 있을까. 시인이 꿈꾸었던 것처럼 여전히 '아름다운 세상'을 노래할 수 있기를 바란다.

"나 하늘로 돌아가리라.

아름다운 이 세상 소풍 끝내는 날

가서 아름다웠다고 말하리라."

시인의 목소리가 숲길 바람에 섞여 들려오는 듯했다.

우리 삶도 언젠가는 소풍을 끝내고 돌아가야 한다.

그날, "아름다웠다"고 말할 수 있다면 그것으로 충분하지 않을까.

꽃 피우지 않는 군자란

　베란다 한편에 자리 잡은 군자란은 내 손길을 받으며 자란다. 오늘 아침에도 베란다에 나가 군자란을 들여다보았다. 내 손에 온 지 벌써 세 해가 지났건만, 꽃은 여전히 피울 생각을 하지 않는다. 잎은 무성하고 뿌리도 건강해 보이지만, 정작 기다리던 주황빛 꽃송이는 소식이 없다.

　가끔은 속이 상한다. 이렇게 물을 챙겨 주고, 겨울이면 추위 먹지 않게 신경을 써 줬는데, 어찌 꽃 하나 피워 주지 않는 걸까. 그러나 한참 바라보다 보면, 어쩐지 이 아이가 내 삶을 닮았다는 생각이 든다.

　나는 일흔을 살았다. 살아오며 화려한 순간도 있었지만, 대부분은 묵묵히 뿌리 내리고 잎을 키우는 날들이었다. 사람들 앞에서 인정받고 싶던 때도 많았지만, 인생은 뜻대로 되지 않았다. 그러다 보면 내 마음속에도 문득 이런 질문이 고개를 든다.

　'나는 언제 꽃을 피울 수 있을까.'

하지만 세월이 알려 준다. 꽃은 조급한 마음에 피지 않는다. 보이지 않는 땅속에서 뿌리를 깊이 내리고, 햇빛을 향해 잎을 뻗어 내는 시간이 있어야만 비로소 꽃이 핀다. 어쩌면 내 지난 세월도 그러했는지 모른다. 드러나지 않았을 뿐, 그 자체로 의미 있는 준비의 시간이었다.

군자란이 언젠가 갑자기 꽃대를 올리듯, 내 삶에도 그런 순간이 찾아올지 모른다. 그때까지 내가 할 일은 서두르는 게 아니라, 매일의 작은 돌봄을 이어 가는 것이다.

꽃은 아직 피지 않았다. 하지만 이제는 안다. 기다림 속에서 이미 삶의 향기가 피어나고 있다는 것을. 꽃이 짧은 순간에 피고 지듯, 내 삶도 찰나에 빛날 것이다. 그러나 그 빛을 준비해 온 오랜 시간이야말로, 내 삶의 진짜 꽃이었음을 나는 오늘 군자란 앞에서 다시 배운다.

고추나무와 방울토마토

오늘 새벽, 빗소리에 문득 눈을 떴다. 무심코 베란다 창가에 서니, 촉촉이 젖은 고추나무가 내 시선을 붙잡았다. 한여름 내내 폭염 속에서도 꿋꿋이 버텨 온 녀석은, 빗물만으로도 다시 힘을 내는 듯 여전히 열매 맺을 준비로 분주했다.

그 옆에는 방울토마토 나무가 서 있었다. 뜨겁게 내리쬐는 햇볕 아래 잎은 누렇게 바래고, 줄기는 점점 힘을 잃어 가고 있었다. 더 이상 싱싱한 광합성은 기대하기 어려워 보였지만, 그럼에도 불구하고 토마토는 마지막까지 자신이 할 일을 멈추지 않았다. 한 알, 또 한 알. 작고 둥근 열매들을 빨갛게 물들이며 자기 생의 마침표를 준비하는 모습은 마치 의연한 노인의 삶 같았다.

삼복더위가 시작되자, 베란다의 아이들은 숨이 가빠졌다.
낮에는 40도 가까운 열기에 잎사귀들이 축 늘어지고, 힘겹게 하루를 견뎌 냈다. 순간 나는 그들이 한해살이 식물이라는 사실을 떠올렸다. 사람으로 치면 이미 노년에 접어든 나이. 체력도 떨어지고, 예전만큼 활발하지 못한 건 어쩌면 당연한 일이었다.

그런데 놀라운 건, 그럼에도 이 작은 생명들이 삶을 완성해 나가는 방식이었다. 고추는 파랗게, 토마토는 붉게, 각자의 색으로 열매를 맺어 가며 누군가의 기쁨이 되는 일을 여전히 이어 가고 있었다.

'그래, 힘들면 좀 쉬어도 돼. 하지만 너희의 존재가 이미 충분히 빛나고 있구나.' 나는 속으로 그렇게 중얼거렸다.

그 순간, 내 삶도 스쳐 지나갔다. 나 역시 나이를 먹어 가며 할 수 있는 일들이 점점 줄어든다고 느낀다. 예전처럼 밤을 지새우며 무언가를 해내는 기운도, 앞만 보고 달리던 힘도 사라졌다.

하지만 베란다의 식물들은 나에게 이렇게 속삭이는 듯하다.

"늙었다고 포기하지 마라. 마지막까지도 할 수 있는 일이 있다.

그 일이 누군가의 기쁨이 될 수 있다."

나이 듦은 누구도 피할 수 없는 과정이다. 그러나 그것은 단순히 쇠퇴나 상실의 시간이 아니라, 성숙으로 향하는 또 다른 길이라고 나는 믿는다. 젊음은 육체가 주는 선물이지만, 노년은 우리가 살아오며 빚어낸 작품이다.

어떻게 늙어 갈지는 결국 나 자신의 선택에 달려 있다.

나는 고추나무와 방울토마토에서 인생을 배운다.

끝까지 자기 몫을 다하며, 자신만의 빛깔을 완성해 내는 그 꿋꿋함을 닮고 싶다. 언젠가 삶의 마지막 순간이 오더라도, 누군가의 마음에 작은 기쁨을 남길 수 있다면 그것으로 충분하지 않을까.

나이 듦은 두려움이 아니라, 지혜와 품격으로 채워야 할 또 다른 예술이다. 베란다의 작은 식물들이 오늘 내게 가르쳐 준 것은 바로 그 단순하고도 깊은 진리였다.

오늘도 아파서 다행입니다

요즘 들어 밤만 되면 여기저기 쑤시고 저려서 잠을 설치기 일쑤다.

낮에는 멀쩡하다가도 해만 지면 몸이 제 마음대로다.

이쯤 되면 몸이 시계를 거꾸로 찬 건 아닌가 싶다.

밤마다 쑤셔 대는 관절 덕분에 불면의 밤이 이어지고, 잠을 설치다 보면 생각도 많아진다.

'앞으로는 더 좋아질 리가 없을 텐데…' 하는 서글픈 마음, 그 마음이 또 통증처럼 가슴을 찌른다.

아프지 않으려고 병원도 다니고, 이 약 저 약도 먹어 봤다.

그런데 이상하다.

몸은 나아지지 않고 약 봉지만 점점 커진다.

약국 카운터에 들어서면 약사님 얼굴이 반갑게 빛난다.

이쯤 되면 '단골 고객 감사 쿠폰'이라도 하나 만들어 줘야 할 판이다.

젊었을 땐 이 정도 아픔쯤은 대수롭지 않게 넘겼다.

밤새 끙끙 앓다가도 아침이 되면 "아이들 레슨 있다!"는 책임감 하나로 벌떡 일어났다.

그때는 아픈 줄도 몰랐다.

아이들의 웃음소리에 통증이 눌려 버리고, 강사들의 고민을 들어주다 보면 내 몸의 아우성은 뒷전이었다.

그렇게 하루를 불태우며 살았다.

그런데 나이가 들고 보니, 그때와 같은 상황에서도 마음이 더 아프다.

몸이 아픈 건 둘째 치고, '예전 같지 않다'는 생각이 자꾸 마음을 무겁게 한다.

예전엔 통증이 잠깐의 불편이었는데, 지금은 인생의 단면처럼 느껴진다.

그래서 더 서글프고, 더 생각이 많아진다.

그러던 어느 날, 문득 이런 생각이 들었다.

'아프다는 건 살아 있다는 증거 아닐까.'

괴테가 말했다.

"모든 색채는 빛의 고통이다."

지난해 아프리카 여행 때, 잠베지 강가에서 본 저녁노을을 떠올린다.

하늘이 불타오르듯 붉게 물들던 그 순간, 나는 그저 감탄만 했지 '빛의 고통'을 생각하진 않았다.

지난여름 우리 집 베란다에서 세찬 소나기 뒤에 걸린 무지개를 보며, 그저 '예쁘다'고만 했지 그 빛이 고통을 통과해 만들어졌다는 사실은 몰랐다.

괴테의 말처럼, 세상의 모든 색은 빛이 겪은 고통의 결과다.

빨강은 뜨겁게, 파랑은 차갑게, 보라는 아프게 빛난다.

그걸 알고 보니 우리 인생도 다르지 않다.

누구나 아픔을 통과해야 자기만의 색을 얻는다.

그 색이 바로 '인생의 무지개'다.

살아 있으니 아플 수 있고, 살아 있으니 웃고, 화내고, 숨 쉴 수 있다.

죽어 한 줌 재가 되면 결코 누릴 수 없는 것들이다.

옷차림에 대하여

며칠 전, 주민자치회의에 참석했다.

회의 시작 초반에, 사회자의 입에서 뜻밖의 농담이 흘러나왔다.

"오늘도 박군자 위원님께서 최고의 베스트 의상을 착용하고 오셨습니다."

순간 나는 멈칫했다.

분위기를 부드럽게 하고 싶어 던진 말이었을까?

아니면 정말 내 차림새가 눈에 띄어 나온 칭찬이었을까?

어떤 이유에서건, 그 순간의 나는 농담 받을 준비가 되지 못했다.

아직 낯선 사람들이 가득한 자리에서 갑작스레 모든 시선이 내게 쏠린다는 건 그리 편안한 경험이 아니었다.

사람들은 옷차림을 통해 많은 걸 이야기한다.

상황과 목적, 계절에 맞게 단정함을 갖추는 것이 타인에 대한 예의이자 자기 자신을 지키는 방법이다.

나 역시 늘 단정함을 기본으로 삼는다.

학생들을 지도할 때, 회의에 참석할 때, 혹은 공식적인 행사에 갈 때 과하거나 부족하지 않은 차림으로 깔끔함을 유지하려 한다.

그날도 마찬가지였다.

여름철 회의에 어울리는 흰색 반팔 원피스, 오랫동안 애용해 온 클래식한 가방, 그리고 무채색 옷차림에 포인트로 더한 파란색 플랫슈즈.

그저 평소처럼, 단정하고 실용적인 차림이었다.

그럼에도 불구하고 공개적인 자리에서 개인의 옷차림이 농담의 소재가 되었을 때, 나는 순간적으로 부담을 느꼈다.

의도가 선의였더라도, 듣는 이는 준비되지 못한 채 낯선 시선을 한 몸에 받게 되기 때문이다.

옷차림은 단순한 장식이 아니다.

그 속에는 자기관리와 태도가 담겨 있고, 무엇보다 상대방에 대한 존중이 스며 있다.

그래서 나는 다시금 생각하게 되었다.

공적인 자리에서는 상대의 '차림새'보다 그 자리에 모인 '의미'와 '대화'에 더 집중하는 것이 서로를 배려하는 진정한 예의가 아닐까 하고

나눔의 힘
― 그리고 작은 실천

진짜 부자의 기준

나는 종종 '진짜 부자'라는 말의 의미를 곱씹어 본다.

얼마 전, 워런 버핏이 또 한 번 세상을 놀라게 했다는 소식을 접했다.

'투자의 귀재'라는 타이틀은 익숙했지만, 자신이 가진 자산의 99%를 기부하겠다고 약속한 '기부왕'이라는 사실은 내 마음 한편을 따뜻하게 만들었다.

버핏 회장은 이번에 약 8조 원 규모의 주식을 기부했다.

빌 게이츠가 설립한 게이츠재단, 첫 부인의 이름을 딴 수전 톰슨 버핏 재단, 그리고 자녀들이 운영하는 여러 재단까지, 그의 나눔은 체계적이고 광범위했다.

2006년부터 이어져 온 그의 기부 여정은 누적 기부액이 약 82조 원에 달한다고 한다.

그 소식을 접하며 나는 잠시 숨을 고르게 된다.

돈을 버는 것도, 쌓아 두는 것도 중요하지만, 그것을 어떻게 쓰느냐가 진짜 부자의 삶을 만든다는 생각이 들었다.

작은 나눔의 의미

나는 내 삶에서 늘 '나눔'을 실천하는 사람이라고 자신 있게 말할 수 없다.

한동안 바쁘다는 핑계로, 주변의 작은 필요에도 눈을 돌리지 못한 적이 많았다. 하지만 이번 기사를 읽고 나니, 작은 것이라도 마음을 담아 나누는 일이 얼마나 큰 의미를 갖는지 새삼 깨닫게 되었다.

꼭 워런 버핏처럼 거창한 기부를 하지 않아도 된다.

누군가에게 건네는 따뜻한 말 한마디, 잠시 시간을 내어 돕는 손길, 관심을 기울이는 작은 행동들이 모두 나눔이 될 수 있다.

길을 걷다 작은 거리를 청소하는 아이들을 본 적이 있다.

그들은 엄청난 돈을 가진 것도 아니었지만, 자신들의 작은 행동으로 주변을 조금이라도 깨끗하게 만들겠다는 마음이 있었다. 그 모습을 보며 나는, 나눔은 규모가 중요한 것이 아니라 마음에서 비롯된다는 사실을 깨달았다.

나눔의 순환

이번 버핏의 기부 소식은 나에게 또 다른 깨달음을 주었다.

나도 언젠가 누군가에게 선한 영향력을 전하는 사람이 되고 싶다.

나눔은 거창할 필요가 없다.

마음을 담은 작은 실천 하나가 세상을 조금 더 따뜻하게 만드는 법이다.

기업은 물론 개인까지, 각자의 자리에서 조금씩 나눔을 실천한다면, 세상은 조금씩 변화할 수 있을 것이다.

오늘도 나는 나 자신의 작은 행동을 돌아본다.

누군가에게 전할 수 있는 관심과 사랑, 그리고 작은 도움의 손길이 내가 가진 '부'의 또 다른 가치임을 기억하며, 조금씩이라도 실천하고 싶다.

나눔은 결국 마음에서 시작되고, 그 마음이 세상을 움직이는 힘이 된다.

그리고 언젠가는, 나의 작은 실천이 누군가에게 희망이 되고, 그 누군가의 작은 행동이 또 다른 누군가에게 전해지는 순환을 보고 싶다.

그렇게 세상은, 비록 천천히 일지라도, 조금 더 따뜻해질 수 있을 것이다.

하쿠나 마타타, 남편과 떠난 아프리카 여행

— 케냐·탄자니아·잠비아·짐바브웨·보츠와나·남아드리
카공화국 여행기

지구본을 샀다.

이번엔 진짜 지구 반대편으로 떠나는 여행이기 때문이다.

케냐, 탄자니아, 잠비아, 짐바브웨, 보츠와나, 그리고 남아프리카공
화국 — 이름만 들어도 설레는 아프리카 여섯 나라를 한 번에 돌아보
는 대장정.

첫 준비물은 여권이 아니라 황열병 예방접종 카드였다. 주사부터 맞
고 시작한 여행이라니, 벌써부터 모험의 냄새가 났다.

출발의 설렘, 그리고 눈 내리던 날

에미레이트 항공 비즈니스석의 소퍼 서비스가 집 앞까지 와 있었다.

비 오는 날, 눈까지 펑펑 내리는 한국을 뒤로하고 출발했다.

공항 가는 길, 차창에 맺히는 눈송이가 왠지 이별의 인사처럼 느껴

졌다.

가이드가 나중에 알려 줬다. "오늘 이후로 모든 항공편이 결항됐어요."

한 시간 연착 후 떠난 우리의 비행기는, 말 그대로 눈을 뚫고 떠난 행운의 비행기였다.

10시간 후, 두바이.

아침 햇살이 황금빛 모래사막 위로 퍼지고 있었다.

커피 한잔, 간단한 조식 후 다시 비행기에 몸을 실었다.

이번엔 5시간 더 날아 케냐 나이로비로.

케냐 — 붉은 대지의 미소

나이로비 국제공항은 이름과 달리 아담하고 소박했다.

호텔에 짐을 풀자마자 들은 말, "오늘 저녁은 야마초마(nyama choma)입니다."

케냐의 전통 바비큐 요리라는데, 양고기, 소고기, 타조, 심지어 악어 고기까지!

"노우, 노우…."

나는 연신 손사래를 쳤지만, 남편은 용감히 시도했다.

결국 결론은? "한 입이면 충분해."

케냐는 붉은색을 사랑한다.

마사이족의 붉은 천, 청년들의 옷, 심지어 시장의 간판까지 붉은 기운으로 가득하다.

길가엔 소를 모는 사람들, 풀밭에 앉아 쉬는 아이들, 그리고 걷는 사람들, 달리는 사람들.

버스비를 아끼려 걷다, 뛰어다니다가 달리기의 재능을 발견해 선수로 뽑히기도 한다니, "케냐는 마라톤의 나라"라는 말이 괜히 나온 게 아니다.

케냐의 남자들은 바쁘다. 돈을 많이 벌어야 하니 일상 뛰어다닌다. 케냐는 일부다처제이지만 돈 많은 남자들만이 누릴 수 있는 특권이란다.

탄자니아 ― 세렝게티의 심장 소리를 듣다

케냐 남쪽 국경, 나망가를 넘어 탄자니아로 향했다.

양국의 출입국 사무소가 한 건물 안에 나란히 있다는 게 신기했다.

도장 하나 찍고 나라가 바뀌는 경험이라니, 여행의 묘미가 이런 것이 아닐까.

아루샤 공항은 작은 시외버스터미널 같았다.

비행기 대신 모형인 듯한 6인용 경비행기에 올라탔을 땐, '이거 진짜 날까?' 싶었다.

하지만 구름 위로 솟아오르자 세상은 순식간에 새하얗게 변했다.

1시간 뒤, 드디어 세렝게티(SERENGETI)!

세렝게티는 '끝없는 평원'이라는 뜻이다.

말 그대로 지평선 끝까지 풀밭뿐이다.

거기서 진짜 '사자 가족'을 만났다.

암사자들은 사냥을 마친 뒤 단잠을 자고, 수사자 한 마리가 고개를 들고 경계를 서 있었다.

"이게 바로 약육강식의 세계구나."

숨결 하나하나가 살아 있는 생명의 현장이었다.

운전기사가 말했다.

"사자 발자국을 발견하면 복이 생겨요. 사자와 만날 테니까요."

그의 말처럼 우리 앞에 사자 발자국이 나타났고, 잠시 뒤 황금빛 갈기를 찬 수사자가 차 앞을 지나갔다.

남편은 덜컹거리는 차에 멀미가 나서 초원 대신 내 얼굴을 바라봤지만, 그래도 그 순간, 우리는 함께 있었다.

마사이 마을 — 붉은 천 아래의 삶

세렝게티 한가운데, 마사이족 마을을 방문했다.

그들은 소의 배설물과 진흙을 섞어 집을 짓고, 가시나무로 울타리를 친다.

남자들은 막대기를 들고 하늘 높이 뛰며 '강한 남자'임을 증명한다.

우리 남편도 도전했지만… 결과는 말하지 않겠다.

하쿠나 마타타, 남편과 떠난 아프리카 여행　　237

아이들은 노래를 부르며 우리를 맞았다.

작은 손들이 과자를 받기 위해 내밀렸지만, 모두에게 줄 만큼은 없었다.

"얘들아, 미안해."

그 마음을 담아 기부금함에 돈을 넣었다.

작은 손들이 다시 흔들리며 웃었다.

그 미소는 세상의 어느 보석보다 빛났다.

응고롱고로 — 태초의 대지, 생명의 그릇

응고롱고로 분화구(Ngorongoro Crater).

지구가 처음 생겨났을 때의 모습이 이렇지 않았을까 싶었다.

높이 2,100m의 거대한 칼데라 안에는 코끼리, 버팔로, 코뿔소, 사자,
표범 ─ 이른바 BIG 5가 모두 살고 있었다.

썩은 고기마저 싹싹 먹는 하이에나가 진흙 위에 배를 깔고 있었다.

"열을 식히는 중이에요." 가이드가 설명했다.

썩은 고기도 소화시키는 강력한 위산 덕분에 병에도 걸리지 않는
단다.

그 덕에 초원은 썩은 냄새 하나 없이 깨끗했다.

하이에나조차 이 대지의 질서를 지키는 존재였다.

빅토리아 폭포 ─ 천둥 치는 연기

잠비아와 짐바브웨 국경에 자리한 빅토리아 폭포(Victoria Falls).

'모시오아툰야(Mosi-oa-Tunya)' ─ 현지어로는 '천둥소리를 내는 연
기'다.

1분에 5억 리터의 물이 떨어지며 뿜어내는 물보라가 구름처럼 피어
올랐다.

데이비드 리빙스턴이 처음 이곳을 발견하고 영국 여왕의 이름을 붙
였다지만, 현지인들에겐 여전히 '신의 숨결이 내리는 곳'이다.

보츠와나 ― 초베강의 코끼리 가족

다음 목적지는 보츠와나 초베국립공원.

국경을 넘는 일은 이제 일상처럼 느껴졌다.

보츠와나 입국 시 신발을 소독해야 한다는 점만 빼면 말이다.

보트 위에서 본 초베강의 석양은 황홀했다.

코끼리 가족이 물을 건너고, 하마가 느릿하게 걸었다.

하마는 덩치만큼이나 고집도 세지만, 그 느긋함이 어쩐지 사람 같다.

"하쿠나 마타타" ― 걱정하지 마, 다 잘될 거야.

아프리카 사람들의 삶의 철학이자 인사말이다.

남아프리카공화국 ― 바람의 도시, 케이프타운

마지막 여정은 남아공의 케이프타운.

치안이 좋지 않다는 말에 걱정했지만, 도심은 생각보다 안전했고, 사람들은 친절했다.

패딩 대신 바람막이를 걸치고 올라간 테이블 마운틴(Table Mountain).

너무 추웠다. 여기 아프리카 맞아?

한국의 초겨울 날씨 같았다.

360도 회전하는 케이블카가 하늘로 솟아오르자 순식간에 안개가 몰려와 눈앞의 풍경이 사라졌다.

금세 또 구름이 걷히고, 눈부신 바다가 나타났다.

자연이 순간마다 그림을 바꾸는 곳이었다.

해 질 녘, 길가에서 만난 흑인 꼬마가 포즈를 취하더 웃었다.

그 해맑은 미소 속엔 어떤 국경도, 어떤 색깔의 벽도 없었다.

"이 아이가 진짜 아프리카구나."

그날의 석양처럼, 내 마음에도 따뜻한 빛이 남았다.

다녀와서

여행은 돌아와서 완성된다.

한국으로 돌아와 다시 지구본을 돌려 본다.

케냐의 붉은 대지, 세렝게티의 초원, 빅토리아 폭포의 물보라, 그리고 케이프타운의 바람.

지구본 위의 점들이 이제는 우리 인생의 한 장면이 되었다.

여행은 결국 '살아 있음'을 느끼는 일이다.

이제 알 것 같다.

"하쿠나 마타타."

걱정하지 말자.

오늘 하루도, 이렇게 살아 있는 게 여행이니까.

텃밭에서 흙과 함께

지난 3월, 주민센터에서 작은 텃밭을 1년에 4만 원에 분양받았다.

내게 배정된 구역은 18번.

밭 옆에는 제법 큰 나무 한 그루가 서 있었지만, 나는 그것마저 마음에 들었다.

"저기 나무가 있어서 그늘이 질 텐데 괜찮겠어요?"

사람들이 걱정스럽게 물었지만, 생애 처음으로 농사를 지을 기회를 얻은 나는 그저 들뜬 마음뿐이었다.

삽을 휘두르는 일도 신나고, 퇴비 냄새조차 고향의 흙냄새처럼 정겹게 느껴졌다.

나를 본 이웃들은 "시골에서 자란 티가 난다" "농사 많이 지어 본 사람 같다"며 웃었다.

하지만 노~노우! 나는 태어나 자란 곳도, 지금 사는 곳도 서울 한복판이다.

이건 내 생애 첫 농사, 완전한 '도시 토박이의 모험'이다.

주민센터에서 나눠 준 퇴비를 골고루 뿌리고 흙과 잘 섞은 뒤 며칠 후, 드디어 상추 모종을 심었다.

그런데 문제는 욕심이었다.

모종을 트레이 째로 사는 바람에, 상추만 심고 나니 텃밭이 꽉 차 버린 것이다.

고추, 가지, 토마토는 어디다 심나 싶어 남편과 마주 보며 한바탕 웃었다.

"아이고, 허리야!"를 연발하면서도 남편도 신이 났다.

둘이서 흙을 고르고 물을 주며, 하나의 밭을 함께 가꾸는 일이 이렇게 즐거울 줄은 몰랐다.

날마다 아침마다 물을 주고 잡초를 뽑으며 조금씩 자라는 상추를 바라보는 일은 큰 기쁨이었다.

다만, 호미질을 하다 불쑥 마주치는 지렁이와는 도무지 친해지지 어렵다.

'흙의 친구'라지만, 나에겐 여전히 깜짝 손님이다.

텃밭 위쪽 버려진 땅도 개간해 호박과 상추 일부를 옮겨 심고, 그 틈새에는 고추, 가지, 토마토, 땅콩 모종까지 심었다.

지지대를 세우고 나니 제법 농사꾼다운 텃밭이 완성되었다.

남편이 어디선가 얻어 온 강낭콩 씨앗도 가장자리에 심었더니, 싹을 틔우고 지지대를 타고 무럭무럭 자라났다.

그리고 마침내, 첫 수확의 날 — 상추를 한 움큼 베어 들고 집으로 돌아오던 그 순간의 뿌듯함은 이루 말할 수 없었다.

비록 허리와 팔다리가 뻐근했지만, 그 고단함조차 행복했다.

사람들은 종종 말한다.

"그 돈이면 그냥 사 먹지, 뭐 하러 고생을 해요?"

맞는 말이다.

단순히 경제적으로 따지면, 텃밭 농사는 수지타산이 맞지 않는다.

하지만 나에게 농사는 돈으로 환산할 수 없는 즐거움이다.

흙을 만지고, 싹을 틔우고, 생명이 자라는 걸 눈으로 보는 기쁨 ― 그 자체로 이미 충분히 값지다.

며칠 전, 수확한 상추를 깨끗이 다듬어 포장했다.

이웃들에게 나눠 주려고 쇼핑백에 담으며 혼잣말처럼 중얼거렸다.

"조금의 땀으로 이렇게 많은 기쁨을 나눌 수 있다니, 참 고마운 일이다."

세상엔 돈을 주고도 살 수 없는 행복이 있다.

나에게는 지금 이 순간, 흙과 함께 노는 시간이 바로 그 행복이다.

가치 있고 보람된 일 ― 텃밭 농사.

그 속에서 나는 오늘도 삶의 작은 기적을 수확한다.

초보 농부의 주먹구구식 감자 농사

음식하다 남은 감자 중 몇 개가 유난히 싹이 길게 올라왔다.

버리기도 뭐해서, 4월 중순쯤 싹 난 부분만 잘라 텃밭에 심었다.

'설마 자라겠어?' 하는 마음으로 툭 던져 넣었는데, 이게 웬걸.

며칠 지나지도 않아 감자는 쑥쑥 자라더니 줄기를 뻗고 잎을 펼치며 "나 살아 있어요!" 하고 외치는 듯했다.

그 모습이 어찌나 기특하던지.

이웃들이 "감자 농사 아주 잘하시네요!" 하고 한마디씩 건네자 그 말을 철석같이 믿었다.

그날 이후 나는 '감자 박사'라도 된 듯 매일같이 물을 주고 흙을 가듬으며 정성을 쏟았다.

그런데 이상하다.

감자가 너무 잘 자란다.

키는 훌쩍 30cm를 넘고, 줄기는 마치 호박줄기처럼 굵어진다.

‘이렇게 크면 감자도 왕감자가 되겠지?’ 하며 혼자 뿌듯해하던 어느 날, 문득 불안한 예감이 스쳤다.

그래서 그제야 네이버에 검색해 봤다.

‘감자 재배 방법.’

거기엔 이런 말이 있었다.

‘감자 싹이 15cm쯤 자라면 줄기를 솎고 북주기를 하세요.’

…뭐라고요? 15cm요?

내 감자는 이미 30cm를 훌쩍 넘었는데!

그제야 허겁지겁 줄기를 솎아 냈다.

며칠 뒤, 또 다른 충격.

“감자꽃을 따 주면 감자알이 더 잘 자랍니다.”

‘그래, 감자는 꽃보다 열매지!’

그리하여 나는 활짝 핀 꽃은 물론, 아직 피지도 않은 꽃망울까지 하나도 남김없이 모두 따 버렸다.

그날 저녁, 텃밭을 보며 스스로를 위로했다.

“그래, 이건 감자의 본분을 돕는 일이야. 관상용이 아니라 식용용이니까… 괜찮아.”

그런데 며칠 후 이상한 일이 벌어졌다.

감자 줄기들이 하나둘 땅으로 쓰러지기 시작한 것이다.

지지대를 세워도 자꾸 쓰러지고, 물이라도 좀 덜 줘 볼까 싶다가도 혹시 목말라서 그런가 싶어 또 물을 줬다.

이리 해도 저리 해 봐도 쓰러진 줄기들은 일어설 기미가 없다.

이쯤 되니 감자들이 나보다 더 의지가 강해 보였다.

'혹시 감자알 키우느라 힘에 부친 건 아닐까?' 혼자 중얼거리며 한 줄기를 살짝 뽑아 봤다.

에게게……!

감자알이라기엔 너무 귀엽다.

종이컵 옆에 두고 비교하니 컵은 거인이고 감자는 새알 수준.

'쪼꼬매~ 쪼꼬매~'

웃음이 터져 나왔다.

비록 크기는 작지만, 그래도 내 손으로 키운 감자다.

며칠 후 화창한 날을 골라 수확할 예정이다.

장마철이 오기 전에, 썩기 전에, 그동안 나를 웃기고 당황하게 만든 이 사랑스러운 감자들을 조심스럽게 캐낼 생각이다.

감자 농사 첫해의 교훈?

'감자는 너무 사랑받으면 버거워한다.'

그러니 내년엔 조금은 덜 정성스럽게 사랑해 줘야겠다.

조금은 덜 간섭하면서, 감자가 자기 힘으로 땅속에서 자랄 수 있거 말이다.

감자에게 미안한 마음도, 처음 텃밭을 가꾸며 느낀 설렘도, 모두 한

여름 햇살처럼 내 마음에 따뜻이 남았다.

내년엔 조금 더 느긋한 농부가 되어 볼 참이다.

6부. 존엄한 삶, 존엄한 마무리
— 내가 스스로 선택한 마지막 여정의 기록

"이제는 완벽한 연주보다, 따뜻한 여운을 남기고 싶습니다"

삶의 마지막 악장을 준비하며

저는 매일을 감사로 채워 가려 합니다.

누군가 제 이야기를 통해 작은 위로를 얻는다면

그것만으로도 제 인생의 연주는 참 아름다웠다고

이제는 미소 지을 수 있습니다.

나의 마지막을 준비하며

죽음에 대해 생각한다는 것은, 삶을 더 깊이 바라보는 일이다.

나는 오랫동안 '끝'이라는 단어를 두려워하며 살았다. 하지만 어느 순간부터 그 끝을 미리 바라보는 일이 오히려 마음을 평화롭게 만든다는 걸 알게 되었다.

죽음은 언젠가 반드시 찾아오는 손님이다. 그렇다면 그 손님을 두려움이 아닌 준비된 마음으로 맞이할 수 있다면, 그것이 진정한 삶의 완성 아닐까.

오늘의 나는, 그 준비의 첫걸음을 내디뎠다.

내 삶의 마지막을 준비하다

오늘 나는 연명의료 거부 의향서를 작성했다.

건강보험공단의 문을 들어서며 묘한 떨림이 있었다. '정말 이걸 해야 하나?' 하는 망설임도 잠시, 나는 스스로에게 조용히 말했다.

"이건 끝을 준비하는 게 아니라, 나를 지키는 일이다."

내가 생각하는 '살아 있음'이란 단순히 심장이 뛰는 상태가 아니다.

기억하고, 느끼고, 사랑하는 나로 존재하는 것. 그것이 진짜 삶이다.

그렇기에 의식이 사라진 채 기계에 의존해 연명하는 삶은, 더 이상 나답지 않다.

그 사실을 인정하고, 받아들이고, 준비하는 것.

그것이 내가 택한 마지막 존엄의 방식이다.

같은 뜻을 가진 동반자

이 결정은 혼자가 아닌, 남편과 함께 내린 것이었다.

우리는 여러 번 대화를 나눴다.

"혹시 내가 그런 상황이 되면, 당신은 어떻게 할 거야?"

"당신이 원하지 않는다면, 난 그 뜻을 따를 거야."

그 짧은 대화 속에서 나는 안도감을 느꼈다.

우리는 오랜 세월을 함께 걸어온 부부다. 그리고 인생의 마지막 길에서도, 서로의 생각이 같다는 사실이 그 어떤 위로보다 컸다.

남편은 나보다 며칠 앞서 의향서를 작성하고 왔다.

삶을 함께 선택했듯, 삶의 마무리도 함께 준비하는 것.

그것이 우리 부부의 마지막 약속이었다.

상담의 시간

상담실은 조용했고, 직원은 친절했다.

그는 차분한 목소리로 연명의료 제도의 취지와 절차를 설명했다.

"이건 죽음을 앞당기는 것이 아니라, 회복 가능성이 없을 때 생명을 인위적으로 연장하지 않겠다는 뜻입니다."

그 말을 듣는 순간, 내 마음은 한결 가벼워졌다.

나는 생을 포기하는 것이 아니라, 생을 정리하는 것이었다.

서류를 받아 들고 이름을 쓰는 순간, 이상하게도 손이 떨리지 않았다.

오히려 오랜 숙제를 끝낸 사람처럼 편안했다.

연명의료의 의미

상담자는 중단할 수 있는 연명의료 시술 목록을 하나하나 읽어 주었다.

심폐소생술

혈액투석

항암제 투여

인공호흡기 착용

체외생명유지술

수혈

혈압 상승제 투여

처음엔 이 말들이 너무 차갑게 들렸다.

하지만 이 중 어느 하나도 '삶의 회복'을 위한 시술이 아닌, 단지 '생명의 연장'을 위한 것임을 알게 되었다.

사람은 언젠가 끝난다. 그 자연스러운 흐름을 억지로 막는 것은, 어쩌면 나 자신에게 가하는 또 다른 폭력일지도 모른다.

나는 그 흐름을 받아들이기로 했다.

호스피스에 서명하며

마지막으로 호스피스 동의서에 서명했다.

'존엄한 죽음을 선택합니다.'

그 한 줄의 문장은 담담했지만, 내게는 인생의 선언문 같았다.

나는 누군가의 도움으로 평온히 마지막을 맞이하길 바란다.

아픔을 덜고, 사랑하는 사람들과 마지막 인사를 나누며, 고통이 아닌 평화 속에서 내 삶을 마무리하고 싶다.

죽음은 두렵지 않다.

두려운 건, 사랑하는 사람들의 눈물뿐이다.

그래서 나는 그 눈물의 이유를 줄이고 싶었다.

삶의 아름다운 퇴장

살아온 세월을 돌아보면, 완벽하지는 않았지만 충분히 아름다웠다.

나의 마지막은 결코 절망의 순간이 아니라, 완성의 시간이다.

연명의료 거부는 죽음을 택하는 것이 아니라, 삶의 마무리를 스스로 선택하는 일이다.

그 선택 안에는 슬픔이 아니라 평온이 있다.

내가 나답게 살았듯, 나답게 떠나는 것.

그것이 내가 원한 삶의 방식이다.

죽음을 준비하는 것은, 곧 삶을 사랑하는 일

연명의료 거부 의향서를 작성하고 돌아오는 길, 하늘이 유난히 맑았다.

바람이 부드럽게 불었고, 마음은 고요했다.

나는 오늘, 죽음을 준비했지만 사실은 삶을 더 깊이 사랑하게 되었다.

끝을 미리 바라보는 것은 두려움이 아니라 지혜다.

그리고 그 지혜는, 나의 마지막을 존엄하게 만들어 줄 것이다.

아름다운 여운으로 남는 삶을 꿈꾸며 이제는 무언가를 이루기보다, 지금 가진 것들을 감사히 바라보는 시간이 되었다.

젊은 날에는 완벽을 향해 달려가느라 얼마나 많은 풍경을 지나쳐 왔는지 모른다.

그러나 인생의 저녁 무렵에 서 보니, 행복이란 거창한 것이 아니라 소소한 일상 속에서 고요히 피어나는 마음의 평화임을 알게 되었다.

남편은 늘 내 곁에서 한결같은 사람으로 있어 주었다.

내가 일에 몰두해 있을 때는 묵묵히 기다려 주었고, 때로는 나의 날선 말들을 모두 품어 주는 그릇이 되어 주었다.

이 책을 세상에 내놓을 수 있었던 것은, 그의 진심 어린 격려와 믿음 덕분이었다.

그 마음은 내 인생의 가장 큰 응원이자, 오래도록 남을 위로였다.

우리가 함께한 세월 속에는 웃음보다 눈물이 많았던 날도 있었지만, 그 모든 시간이 결국 우리를 단단하게 만들어 주었다.

이제는 서로의 걸음에 맞춰 천천히 걷고, 서로의 건강을 챙기며 남은 생을 감사히 누리려 한다.

서로의 마지막 여정을 준비할 수 있음에 그저 고맙고 또 고맙다.

이 책은 내 삶의 기록이자, 또 다른 누군가의 하루를 위로하기 위한 작은 선물이다.

누군가 이 글을 통해 자신의 삶을 조금 더 아끼고, 자신의 오늘을 소중히 여길 수 있다면 그것으로 나는 충분하다.

그리고 두 아들에게 마음을 전하고 싶다.

성실하고 바르게 성장해 각자의 자리에서 묵묵히 책임을 다하는 너희의 모습이 나는 부모로서 더없이 자랑스럽고 감사한 마음이 든다.

삶의 무게를 감당하면서도 온기를 잃지 않는 너희를 보며, 나는 오늘도 배운다.

부디 너희의 앞날이 사랑과 진심으로 채워지고, 그 따뜻함이 또 다른 이의 삶을 밝히는 등불이 되기를 바란다.

마지막으로, 늘 내 곁에서 묵묵히 함께 걸어 주고, 때로는 나의 어깨가 되어 준 남편에게 이 말을 전하고 싶다.

"여보, 고맙습니다. 당신이 있어 내 삶은 언제나 봄날처럼 따뜻했습니다.

당신과 함께한 시간 속에서 나는 사랑을 배웠고, 그 사랑이 나를 오늘의 나로 만들어 주었습니다."

　이 책이 우리의 지난날을 닮은, 따뜻한 기록으로 남기를 바라며 글을 마친다.

젊은 날의 저는 늘 바쁘게 흐르는 시간 속을 달리기만 했습니다. 그래서 두 아들의 어린 시절을 충분히 기록하지 못한 아쉬움이 늘 가슴 한편에 남아 있었습니다. 다행히 오래전 학원의 레슨카드에 토막글로 적어 두었던 작은 메모들이 잊힌 기억들을 조용히 불러와 주었습니다.

현직에서 물러난 뒤, 그 조각들을 하나씩 펼쳐 블로그에 올리기 시작하면서 일상의 기록이 다시 숨을 쉬기 시작했습니다. 글이 쌓이자 지인들은 제 글에 따뜻한 응원을 보내 주었고, 어느새 제 마음속에도 '책'이라는 작고 은은한 꿈이 자라나고 있음을 깨닫게 되었습니다.

"제본만이라도 해 볼까?" 조심스레 남편에게 말했을 때, 그는 제 글이 세상에 나올 이유와 가치를 조용하지만 단단한 목소리로 일깨워 주었습니다. 언제나 제 곁에서 용기를 건네고 새로운 이야기를 함께 찾아 준 남편에게 깊은 고마움을 전합니다.

그리고 착하고 바르게 자라 준 두 아들, 그 존재만으로도 제 글의 빛이 되어 준 아이들에게 마음을 담아 고맙다는 말을 전합니다. 평범한 제 글을 정성껏 읽어 주시고, 작가라는 이름을 아낌없이 건네주신 신 원장님과 황 원장님께도 깊이 감사드립니다.

마지막으로 이 책이 세상에 나올 수 있도록 따뜻한 손길로 이끌어 주신 좋은땅 출판사의 교정팀 김형준 주임님, 디자인팀 길수진 님께 감사의 인사를 드립니다. 두 분의 세심한 배려가 이 책의 마지막 페이지까지 닿아 있습니다.

이 책을 완성할 수 있었던 모든 순간에, 그리고 그 순간 곁에 있어 준 모든 분들께 조용히 감사의 마음을 올립니다.

군자온(君子溫) 올림

누군가를 위한 시간

초판 1쇄 발행 2025년 12월 8일

지은이   박군자
펴낸이   이기봉
편집   좋은땅 편집팀
펴낸곳   도서출판 좋은땅
주소   서울특별시 마포구 양화로12길 26 지월드빌딩 (서교동 395-7)
전화   02)374-8616~7
팩스   02)374-8614
이메일   gworldbook@naver.com
홈페이지   www.g-world.co.kr

ISBN   979-11-388-5088-9 (03810)